KARKAUSVUODEN KAUNA

MINTTU VETTENTERÄ

KARKAUSVUODEN KAUNA

KANSI JA TAITTO:
Kim Söderström ❀ Graafinen Hukka

KANNEN KUVA:
Shutterstock

KUSTANTAJA:
BoD – Books on Demand, Helsinki, Suomi

VALMISTAJA:
BoD – Books on Demand, Norderstedt, Saksa

ISBN:
978-952-330-102-3

ET PITÄNYT LUPAUSTASI

Tuhannet lukuisissa väreissä loistavat raketit räiskyivät taivaalle. Nainen tuijotti niitä, puristi silmänsä kiinni ja vannoi mielessään uudenvuodenlupauksen. "Minusta tulee tänä vuonna parempi ihminen".

Vuosi alkoi huonosti. Nainen ajoi pimeällä metsätiellä rusakon yli. Seuraavana yönä rusakko ilmestyi naisen uniin. Se hoki:

- Et pitänyt lupaustasi. Et pitänyt lupaustasi.

Pian naiselle selvisi, että työpaikalla oli mennyt pitkään huonommin kuin hän luuli. Hän sai pitää työpaikkansa, mutta joutui osallistumaan monen muun irtisanomiseen. Seuraavana yönä entiset työkaverit ilmestyivät naisen uniin. He hokivat:

- Et pitänyt lupaustasi. Et pitänyt lupaustasi.

Vuosi eteni. Sattui monta pientä ja vähän isompaakin asiaa, jotka ilmestyivät naiselle öisin. Eräänä päivänä hän oli lupautunut katsomaan tyttären balettiesitystä, mutta joutui jäämään töihin. Yöllä nainen näki unta rusakosta, työkavereista, tytöstä ja monista muista, jotka hokivat:

- Et pitänyt lupaustasi. Et pitänyt lupaustasi.

Tyttö astui unessa kaikkien eteen ja huusi:

- Ja nyt me tapamme sinut!

Uudenvuodenpäivä.

KUUN VARJOT

Luna seisoi pellolla ja tuijotti taivaalle yrittäen tunnistaa tähtikuvioita. Olisi ollut todella pimeää, mutta kuun valossa näki hyvin, sillä kuu oli aivan täysi ja kirkas. Luna oli kuullut kuuhulluudesta, mutta nauroi vain ajatukselle mielessään. Olihan mummokin joskus sanonut, että täysikuulla ihminen voi sulautua kuun varjoihin ja jäädä niihin vangiksi ikuisiksi ajoiksi. Se oli Lunan mielestä hassu iltasatu.

Aamuyöllä, palatessaan kotiin, Luna tapasi sattumalta naapurin Jonin. Joni oli juuri tulossa mopoilukierrokseltaan. He moikkasivat pikaisesti. Luna ei uskaltanut sanoa muuta, vaikka oli ollut jo pidemmän aikaa hiukan ihastunut Joniin.

Aamulla Luna istuutui keittiön pöydän ääreen äidin yhä huhuillessa syömään.

- Tässä minä olen, Luna sanoi, mutta äiti huusi yhä.

- Luna! Sun täytyy nyt nousta. Sä et kohta ehdi kouluun.

Hetkeä myöhemmin eteisessä Luna teki kammottavan havainnon. Hän ei nähnyt peilikuvaansa. Vaikka hän kuinka katsoi, sillä kohdin lankesi vain pieni varjo lattialle.

Kauhuissaan Luna syöksyi pihalle. Luna tuijotti pitkään Jonin kotiovea ja odotti. Lopulta se avautui, mutta ketään ei näkynyt. Aurinkoisessa nurmikossa liikkui pieni varjo.

No, ainakaan Luna ei ollut yksin.

1959 laukaistiin ensimmäinen kuuluotain Luna 1.

TAIKASORMUS

Pekalla oli taikasormus. Hän oli perinyt sen isoisältään ja tämä omalta isoisältään. Mistä isoisoisoisoisä oli sormuksen sitten saanut, sitä ei tiennyt kukaan. Pekan isoisä oli joskus puhellut, että sormus ei olisi aivan tästä maailmasta. Että sen olisi jokin kummallinen otus isoisoisoisoisälle luovuttanut. Pekka oli usein pohtinut, oliko otus luopunut taikasormuksesta vapaaehtoisesti.

Mikä sormuksessa sitten oli erikoista? Se muutti ihmisen näkymättömäksi, kun sormuksen pujotti sormeensa. Pekka oli käyttänyt sitä monissa hankalissa tilanteissa, joissa oli parempi päästä haihtumaan kuin tuhka tuuleen. Pekka kantoi sormusta mukanaan kaikkialla.

Tänään oli niitä päiviä, jolloin sormusta tarvittiin. Pekka oli juuri puuhastelemassa puutarhassa, kun hän huomasi vanhan isosetänsä Gunnarin lähestyvän taloa. Pekka rukoili mielessään, ettei Gunnar olisi huomannut häntä ja pujotti sormuksen sormeensa. Gunnar tuli, koputteli aikansa oveen ja lähti. Pekka huokaisi helpotuksesta.

Pekan ilo oli kuitenkin ennenaikainen, sillä yrittäessään ottaa sormusta sormestaan, hän totesi sen juuttuneen. Vaikka hän kuinka kiskoi ja kiskoi, sormus pysyi paikallaan. Pekka yritti kaikkensa koko iltapäivän, mutta sormus istui tiukassa. Ja vaikka Pekka kuinka itki ja huusi, ei kukaan kuullut näkymätöntä. Eikä hän näkymättömäksi koko elämäkseen halunnut jäädä.

Lopulta viimeisenä keinonaan Pekka tarttui lihakirveeseen ja hakkasi etusormensa poikki ja muuttui näkyväksi, mutta näkymätöntä etusormea ja sormusta hän ei enää löytänyt. Ties vaikka ne ilmestyvät vielä jonakin päivänä jossain muualla.

KUMMALLINEN SÄÄENNUSTUS

Isto lojui sohvalla lukien biologian kirjaa. Tv:ssä pyörivät uutiset, mutta Isto ei kiinnittänyt niihin mitään huomiota. Uutiset vaihtuivat viiden vuorokauden sääennustukseen, joka ei kiinnostanut Istoa uutisia enempää.

- Näillä näkymin torstaina tuuli tuo mukanaan kivisateita. Kaikkialla maassa tuuli voi olla niin kovaa, että se kuljettaa maasta irtohiekkaa kilometrejä.

Isto säpsähti ja mietti hetken oliko kuullut oikein.

- Äiti. Äiti! hän huusi. – Tv:ssä luvattiin torstaiksi kivisateita.

Äiti tuijotti Istoa ja mietti mitä sanoisi.

- Sinä kuulit varmasti väärin. Olit niin keskittynyt lukemiseen.

- Eikä. Minä kuulin ihan oikein. Niin ne telkkarissa sanoivat.

- Hyvä on. Minä lupaan tarkistaa tuon netistä, äiti vastasi, mutta unohti.

Torstai tuli. Isto astui pihalle varovaisesti taivasta katsellen, mutta pilviä ei näkynyt missään. Hän ei olisi halunnut lähteä kouluun, mutta tietysti oli pakko. Isto ei kuitenkaan aikonut mennä kouluun asti, vaan hän jäi norkoilemaan parin korttelin päähän puistoon ja odotti, että äiti lähti töihin.

Äidin lähdettyä Isto livahti takaisin kotiin. Hän istui ikkunan ääressä ja tuijotti tiukasti pihalle. Pilviä ei näkynyt ja päivä oli muutenkin kaunis, mutta Isto ei osannut luovuttaa. Hän tuijotti ja tuijotti. Odotti. Lopulta kello oli niin paljon, että isän auto kaartoi pihaan. Äidin auto seurasi perässä. Isä astui ulos autosta ja jäi odottamaan äitiä, joka nousi autosta ja halasi isää. Siinä samassa taivas räjähti ja taivaalta tippui nyrkin kokoisia kiviä.

1965 ilmatieteenlaitos antoi ensimmäisen viiden vuorokauden sääennusteen.

AINOA TAIKA

- Minä olen noita. Oikeasti, Eiko sanoi hiljaa kuiskaten uudelle ystävälleen koulun takana.

- Älä valehtele. Ei noitia ole olemassakaan, Lea vastasi ja tuijotti Eikoa suurilla vihreillä silmillään.

- On. Minä olen, Eiko vastasi.

- No näytä minulle mitä osaat.

Eiko selitti, että hän oli oikeastaan noitakokelas. Hän harjoitteli vasta.

- Minä en osaa vielä kuin yhden tempun. Osaan muuttaa ihmisen sammakoksi, mutta en tiedä miten loitsu puretaan. Et varmaankaan halua sammakoksi? Eiko sanoi Lealle ja virnisti.

- En. Mutta minä tiedän yhden, jonka voisit muuttaa, Lea sanoi ja kertoi naapurinpojasta, joka kiusasi Leaa aina, kun vain pystyi. Ajatus kuulosti Eikosta hyvältä. Hän pääsisi viimein testaamaan taitojaan kodin ulkopuolella ja poikahan suorastaan kerjäsi sitä.

- Odota tässä. Ole valmis. Minä houkuttelen hänet tänne, Lea sanoi ja jätti Eikon odottamaan nurkan taakse. Pian Eiko kuulikin askelia. Ne lähestyivät. Eiko kihisi jännityksestä ja innosta. Hahmo ilmestyi nurkan takaa. Eiko huusi loitsun ja näki kuinka Lea muuttui hänen silmiensä edessä sammakoksi. Sammakolla oli suunnattomat vihreät silmät.

1941 Hayao Miyazaki syntyi. Hän on tehnyt mm. elokuvan Kikin lähettipalvelu, jossa nuori noita taitaa vain yhden noitataidon – luudalla lentämisen – ja perustaa lähettipalvelun.

KOLME VIISASTA MIESTÄ

Toni oli aina ollut vähän sellainen sisaruskatraan musta lammas. Siskoista oli tullut lääkäri ja toimitusjohtaja ja veljet Saku ja Henri työskentelivät lakimiehinä. Toni puolestaan oli ostanut pikkuisen mökin metsän keskeltä ja erakoitunut sinne. Osa ihmisistä uskoi Tonin omaavan jonkinlaisia näkijänlahjoja ja häneltä tavattiin kysyä neuvoja ja ohjeita erilaisiin elämänvalintoihin pientä palkkiota vastaan. Ei Toni neuvoistaan mitään pyytänyt, mutta nämä pienet lahjat olivat keräilyn ja käsitöiden ohella mahdollistaneet Tonin elämäntavan.

Se päivä oli niitä, joita Toni vihasi. Vietettiin isän 70-vuotisjuhlaa ja hänenkin oli pakko saapua ihmisten ilmoille. Ja siinä he nyt istuivat, samassa pöydässä. Toni, Saku ja Henri. Saku ja Henri olivat pukeutuneet uusiin tummiin pukuihin, kun Tonilla oli vain kauhtunut kauluspaita ja harmaat housut. Lisäksi Saku ja Henri olivat saaneet aikaiseksi jonkinlaisen kilpailun siitä kumpi tiesi laista kummallisimman pienen yksityiskohdan. Isä kävi pöydässä välillä, kuunteli veljesten sanailua ja naureskeli. Lopulta hän lähti tuumaten:

- Siinä sitä on kaksi viisasta miestä. Kaikkea te kanssa tiedätte.

Saku ja Henri vilkaisivat Tonia, eikä Toni pystynyt piilottamaan pahastumistaan.

- Sinun täytyy ymmärtää häntä. Hän on jo vanha, Henri sanoi. He kaikki kuitenkin tiesivät, ettei se ollut totta. Isä oli ollut samaa mieltä aina.

- Uskokaa tai älkää, minä olen meistä kaikista viisain, Toni pukahti lopulta rehennellen, mikä ei ollut todellakaan hänen tapaistaan. Samassa isä kaatui keskelle lattiaa, hänen suustaan tuli vaahtoa ja silmät kääntyivät ympäri. Toni katsoi veljiään, virnisti ja totesi:

- Minä olen nimittäin ainoa, joka ei syönyt kakkua.

Loppiaista vietetään 6.1. läntisissä uskonnoissa kolmen viisaan tietäjän Betlehemiin saapumisen kunniaksi.

7.1.

PÄIVÄLLISELTÄ HELVETTIIN

Oli tammikuu vuonna 1847, kun joukko kullankaivajia lähti matkaan. Heitä oli kehotettu siirtämään retkeään seuraavaan kevääseen, ja varoituksia olisi kannattanut kuunnella, koska nyt he eksyivät lumisille vuorille. He sinnittelivät päiviä ruokatavaroiden huvetessa nopeasti. Lopulta yksi joukosta, Alfred, tuli hulluksi, tappoi kaikki ystävänsä ja selviytyi syömällä heidän lihaansa.

Alfred selviytyi, mutta joutui oikeuteen murhista ja ihmissyönnistä. Oikeudessa tuomari loimusi vihaa pitäessään loppupuheenvuoroaan. Paikalla olleet ihmiset kertoivat jälkikäteen, että oikeustalon ilma oli kuumentunut koko istunnon ajan.

- Nouse ylös sinä ahnas ihmissyöjä paskiainen ja vastaanota tuomiosi. Tuomitsen sinut helvettiin!

Tuomarin lausuttua nämä sanat, oikeustalo lehahti hetkeksi punaiseksi ja sen jälkeen korkeat lieskat löivät Alfredin ympärillä. Myös tuomarin kerrottiin syttyneen liekkeihin.

Ihmiset pakenivat paniikissa oikeustalosta, joka paloi lopulta täysin. Kaikki muut pelastuivat, mutta Alfredin ja tuomarin ruumiit löytyivät raunioista hiiltyneinä.

1901 Alfred Packer pääsi ehdonalaiseen kärsiessään 18 vuoden tuomiota ihmissyönnistä. Joidenkin lähteiden mukaan päivä olisi ollut 8.2.

MUSTA AUKKO

- Minä en usko, että mustia aukkoja on olemassa! Titta huusi Jyrkille koulun pihalla.

- Ole sitten uskomatta, mutta niiden olemassaolo on ihan tieteellisesti todistettu, Jyrki sanoi. Hän oli eskarista lähtien ollut kiinnostunut tähtitieteestä. Viime synttäreillä Jyrki sai kaukoputken lahjaksi. Hän rakasti avaruudesta puhumista ja kaikkia sen ilmiöitä.

- Juostaanko kiskalle? Äiti antoi vitosen, Titta kysyi. Jyrki nyökkäsi. – Juostaan kilpaa!

Titta sai nopeasti hyvän etumatkan. Hän oli aina ollut paljon liikunnallisempi kuin Jyrki. Jälkeenpäin Jyrki ajatteli, että hän näki sen ennen Tittaa, mutta silti liian myöhään. Taivaalta putosi jotain. Maahan syntyi musta aukko ja Titta juoksi suoraan siihen. Jyrki saattoi vain katsoa kuinka hänen siskonsa imeytyi aukon pyörteeseen ja katosi huutaen.

1942 Stephen Hawking syntyi. Hän on tutkinut paljon mustia aukkoja.

KUIN TYKIN SUUSTA

Mies oli aina haaveillut sirkusurasta. Hän muisti miten pellet hauskuuttivat ja nuorallatanssijat kohahduttivat, kun hän lapsena oli istunut henkeään pidättäen sirkuksen penkissä. Lopulta miehen toive toteutui. Hän pääsi sirkukseen, mutta vain hanttihommiin. Hän sai siivota, rakentaa katsomoja, purkaa telttaa, myydä pop cornia ja lippuja. Mies teki kaiken mitä pyydettiin, mutta vähän väliä hän kääntyi sirkustirehtöörin puoleen ja aneli pääsyä esiintyväksi taiteilijaksi.

- Teen ihan mitä vain, kunhan pääsen esiintymään, mies sanoi taas eräänä iltana. Tirehtööri pudisteli päätään, mutta mutisi sitten:

- Tuota. Voisi tietysti olla yksi homma. Varastossa on vanha ihmistykinkuula-tykki. Jos kunnostat sen ja haluat, niin siinä on sinulle temppu, jota voit esittää.

Mies innostui. Tässä oli hänen mahdollisuutensa. Mies oli koko ikänsä korjaillut kaikenlaista, eikä tykin laittaminen kuntoon ollut hänelle vaikeaa. Hän viritteli tykkiä, ampui sillä painavia säkkejä kokeeksi ja lopulta hän uskoi olevansa valmis todelliseen testiammuntaan. Mies kutsui tirehtöörin paikalle, veti kypärän päähänsä ja kiipesi piippuun. Hän liukui piipussa syvemmälle ja syvemmälle, kunnes jalat viimein tavoittivat pohjan. Mies kuuli ulkopuolelta kuinka avustaja laski: "Neljä, kolme, kaksi..."

Samassa, juuri ennen kuin tykki laukesi, mies tunsi kuinka vahvat kädet puristuivat hänen nilkkojensa ympärille. Kovan pamauksen myötä piipusta lensi ilmoille vain tyhjä kypärä, eikä miehestä kuultu koskaan enää mitään.

1768 Philip Astley piti ensimmäisen nykyaikaisen sirkusnäytöksen Lontoossa.

NAISEN HAMPAAT

Nainen kastaa pikkuleivän kuppiin ja nostaa sitten nopeasti huulilleen. Vanhat, ryppyiset huulet painautuvat pikkuleipään. Nainen ei puraise, hän imeskelee pikkuleipää hetken ja tekee sitten pienen eleen, johon olen kiinnittänyt tämän teehetken aikana jo huomiota. Hän ikään kuin piilottaa pikkuleivän kämmeneensä ja vie sitten uudelleen kupille, kastaa ja imee pikkuleipää. Mietin onko hänellä enää hampaita? Onko ikä vienyt ne, eikä nainen halua käyttää tekohampaita, vaikka on esiintynyt televisiossa ison osan elämäänsä sellaiset suussa?

Maijan tapaaminen oli yksi elämäni suurimmista hetkistä. Olin ihaillut häntä aivan pienestä pojasta lähtien. Silloin, kun olin pikkuinen, hän oli kenties pelottavinta mitä oli olemassa. Joka ainoa lauantai-ilta pyysin äidiltä, että saisin valvoa edes vähän myöhempään. Niin pitkään, että Vampira esittelisi illan elokuvan. Äiti antoi luvan aina. Elokuvia en tietenkään saanut katsoa, mutta nainen, joka oli pukeutunut kokonaisuudessaan mustiin ja omasi vitivalkoisen ihon, lumosi minut liki halvaannuttaen. Näin hänestä unia monena yönä. Ne olivat parhaita painajaisia.

Yritän pudistella ajatuksen mielestäni. Tuntuu epäkohteliaalta miettiä elämänsä idolin hampaattomuutta. Vaihdamme muutaman sanan. Juttelemme naisen urasta. Hän luo sanoilla eteeni huikaisevan upeita hetkiä toinen toisensa perään. Nainen kastaa pikkuleivän juomaan ja nostaa huulilleen. Samassa näen sen. Pieni pisara karkaa suupielestä ja valuu

leualle jättäen jälkeensä punaisen juovan. Veren-
punaisen. Tuijotan pisaraa, vaikka yritän olla kuin
en huomaisi. Nainen hymyilee minulle ja paljastaa
hymyillen kulmahampaansa.

*2008 kuoli Maila Nurmi, joka tunnettiin mm.
taiteilijanimellä Vampira.*

11.1.

NUKKUMATTI

Joka ilta tapahtui sama juttu. Karri istui tv:n ääressä kuin naulattuna, kunnes Pikku Kakkosen Nukkumatti ilmestyi ruutuun. Aina siloin Karri säntäsi kiljuen pois ja piiloutui peiton alle sänkyyn.

- Minä en halua, että se nukuttaa minut, Karri huusi, kun äiti yritti rauhoitella häntä.

Eräänä päivänä mummo toi Karrille pikkuisen Nukkumatti-nuken.

- Pistä se pois, ole kiltti, Karri pyysi illalla, kun äiti peitteli poikaa nukkumaan. Äiti ihmetteli pojan pelkoa, mutta piilotti nuken kaapin perälle.

Meni kuukausi ja mummo tuli taas käymään ja jäi yöksikin. Illalla mummo kävi peittelemässä Karrin.

- Mitä te olitte sen minun lahjan kaappiin piilottaneet? mummo mutisi tullessaan huoneesta.

Aamulla äiti ihmetteli, kun Karria ei näkynyt. Lopulta hän lähti herättelemään poikaa. Äiti ei halunnut uskoa sitä todeksi, mutta Karri ei herännyt, vaikka äiti kuinka huusi ja ravisteli. Samassa hän huomasi pikkuisen Nukkumatin tyynyn vieressä.

1977 esitettiin ensimmäistä kertaa lastenohjelma Pikku Kakkonen.

EIKÄ YKSIKÄÄN PELASTUNUT

Sanni oli pitänyt ilmaisutaidonkerhoa jo vuosia. Joka kevät kerhossa tehtiin elokuva, jonka lapset saivat itse suunnitella. Tänä vuonna lapset halusivat tehdä kauhuelokuvan läheisessä metsässä.

Sanni kyseli lapsilta metsästä, mutta vaikka kaikki asuivat aivan sen lähellä, kukaan ei ollut koskaan käynyt siellä. Kukaan ei maininnut Sannille, että metsä oli ehdottomasti kiellettyä aluetta. Kaikki olivat kuulleet metsästä tarinoita, mutta kukaan ei uskonut niitä tosiksi.

Ensimmäisen lapsista vei Ahtolainen,
Peikko hirveä pahanlainen.
Sitoi aidanseipääseen,
Tiukkaan lukkoon käärmeeseen.
Toisen Metsänpeitto nieli,
Vangikseen lapsen mieli.
Kietoutui tämän ympärille,
Oli häviäminen hämmennys toisille.
Kolmannen nappasi Aarni,
Kasvoi lähellä komea saarni.
Liian lähelle aarretta joukkio osui,
Sinne tänne mennessänsä hosui.
Neljännen kaappasi hiisi,
Ja saman koki myös numero viisi.
Hiitolaan ne heidät kai vei,
Ei löydy heitä enää, ei.
Jatulin heittämän kiven alle,
Jäi lapsista kuudes, nimeltään Kalle.
Seitsämäs lähti maahisen matkaan,
se tie synkempi on kuin arvaatkaan.

Kahdeksannen houkutti näkki lähteeseen,
Vesi imaisi aikaan menneeseen.
Yhdeksännen Rutimo veiti pimeyteen,
Synkkyyden toi kaiken valon eteen.
Oppaan ja ohjaajan vei itse peikko,
Oli heidän suojauksensa heikko.
Ja niinpä on kaikki kymmenen kadonnut,
Eikä yksikään pelastunut.

1976 Agatha Christie kuoli.

JOULUN JÄLKEEN

Joulu oli juuri vasta vietetty ja Korvatunturillakin ehditty vetää henkeä hetki. Toki jokainen tonttu tiesi jo vanhastaan, että seuraavan joulun valmistelut alkaisivat 13. tammikuuta. Kuten joka vuosi ennenkin. Päätonttupartio lähti Joulupukin juttusille, mutta tämäpä ei ollutkaan työhuoneessaan. Tontut olivat varmoja, että Joulupukki oli lähtenyt tervehtimään poroja, mutta tallissa odotti kummallinen näky. Kaikki porot olivat kadonneet.

Tontut etsivät Joulupukkia lelupajalta, ja jos porojen katoaminen oli outoa, jotain vielä oudompaa odotti pajalla. Se oli nimittäin aivan täysin tyhjä. Yhtäkään leluautoa tai edes pehmolelun kangastilkkua ei näkynyt missään. Tässä vaiheessa päätontut olivat jo sangen huolestuneita, ja kaikki mitä he näkivät etsiessään pukkia, vain pahensi asiaa. Joulukuusimetsän tilalla oli palaneita kantoja, paketointipaja oli sortunut ja kasvihuoneissa, joissa viljeltiin joulukukkia, oli pelkkää kuivunutta multaa. Lopulta päätontut tulivat Joulupukin talolle. Kaikki näytti aivan tavalliselta, mutta ovella oli lappu:
SIIVOSIN JOULUN POIS!
T. NUUTTIPUKKI

Nuutinpäivä, jolloin uskomuksen mukaan "Paha Nuutti joulun pois viepi".

14.1.

IKKUNAPRINSESSA

Karri kulki aina työmatkalla katua, jonka varrella sijaitsi pikkuisia puoteja. Kaikki nämä puodit olivat jotenkin vanhoja, kuluneita ja harmaita. Vain yksi näyteikkuna kiinnitti aina Karrin huomion. Se oli pikkuinen vaatekauppa, joka näytti ulkoapäin yhtä ränsistyneeltä kuin kaikki muutkin, mutta näyteikkunassa komeili kaunis mallinukke, joka näytti uudelta ja aivan hämmästyttävän paljon elävältä ihmiseltä. Karri ei muistanut nähneensä missään aiemmin sellaista.

Nukke vaihtui välillä, mutta aina ne olivat jotenkin samanlaisia, yhtä kammottavan ihmismäisiä. Karrilla oli tapana katsoa joka päivä oliko nukke ikkunassa vaihtunut. Eräänä päivänä hän mainitsi siskolleenkin nukeista.

– Ne tekevät hämmästyttävää työtä nykyisin. Halutaan yhä aidompia ja aidompia, sisko tuumasi.

Meni joitain viikkoja. Nukke ei vaihtunut ja Karri mietti, että menikö liikkeellä huonommin. Tuollaiset mallinuket eivät voineet olla halpoja. Mutta sitten, eräänä iltana kävellessään töistä kotiin Karri näki sen jo kaukaa. Nukke oli vaihtunut. Karria hymyilytti hetken. Sitten hän oli näkevinään nukessa jotain tuttua. Karri kiirehti askeliaan. Lopulta juoksi. Hän tuli ikkunaan ja näki siskonsa, joka tuijotti elottomin lasisilmin eteensä.

1987 Rauli "Badding" Somerjoki kuoli. Ikkunaprinsessa on yksi Baddingin tunnetuimpia kappaleita.

LUMIHIUTALE

Mummo puhui aina lumihiutaleista. Hän sanoi, että jokaista ihmistä varten oli olemassa oma hiutaleensa. Kaikki hiutaleet eivät olleet ihmisiä varten, mutta jokaisella oli omansa. Mummo sanoi, että jos oman hiutaleensa päästi satamaan maahan, kuoli keväällä lumien sulaessa.

Roosa piti mummon puhetta aivan turhana hölönpölönä, mutta ei pystynyt silti suhtautumaan asiaan aivan kevyesti, kun mummo eräänä päivänä soitti Roosan ovikelloa.

- Minä huomasin sen ajoissa. Sain sen kiinni, mummo sanoi ja ojensi Roosalle pienen jäisen rasian. Sen seinämät olivat aivan jäässä, mutta Roosa näki sen silti selvästi. Se oli pieni, jäätynyt lumihiutale. - Se on sinun hiutaleesi. Pidä tarkoin huoli, että se ei pääse sulamaan.

Roosa ei uskonut hölynpölyyn, mutta piti silti hiutaleesta huolta. Hän lukitsi hiutaleen rasiaan ja piilotti pakastimensa pohjalle. Olisipahan mummolla ainakin hyvä mieli.

Kului talvi ja kului toinen. Tuli kevät toisensa perään. Roosa tunsi olonsa pikkuhiljaa huonovointisemmaksi ja kolmantena keväänä hän joutui jäämään pois töistä, vaikkei pahoinvoinnille löytynytkään syytä. Eräänä päivänä Roosa lähti pienelle kävelylle ja kotiin tullessaan hän löysi portailta istumasta pienen, oudonnäköisen ukon. Ukko pyöritteli käsissään jotain.

- Kukas sinä olet? Roosa kysyi ukolta.

- Minä olen Sääukko, ukko tokaisi. - Piti tulla kylään, kun ei meinaa tuo kevät saada sinua kiinni.

Viimeinen mitä Roosa enää elävänä näki, oli se mitä ukko oli sisältä hakenut. Pätkä pakastimen johtoa.

1885 Wilson Bentley otti ensimmäisen valokuvan lumihiutaleesta.

VAIN IHMINEN

Sitä päivää oli pelätty jo pitkään. Ivanan nousu johtajaksi oli ollut kaikkien tiedossa jo ainakin puoli vuotta, mutta kukaan ei pitänyt ajatuksesta.

Ivana tunnettiin ilkeänä ja häikäilemättömänä. Epäilemättä juuri siksi hän oli noussut hyvin nuorena siihen asemaan, missä nyt oli.

Ivana ei aikaillut. Hän langetti jo samana päivänä ensimmäiset irtisanomisilmoitukset. Hän vetosi huonoihin aikoihin ja sanoi, että jossain oli pakko sästää.

Tom, jolle oli vielä pari viikkoa aikaisemmin lupailtu vakituista paikkaa, oli irtisanottavien listalla. Tom kirosi asiaa Samille.

– Eihän se noin voi mennä, minä puhun hänelle, Sam julisti.

– Et. Et sinä voi, Tom sanoi alistuneena.

– Voin. Ja teen. Minulla on vakituinen paikka ja... Sam jäi hetkeksi miettimään. "Ihminenhän hänkin vain on."

Sam ei epäröinyt. Hän nousi hissillä ylimpään kerrokseen, jossa oli tukalan kuumaa. Ilmastointi oli kai rikki. Sihteerin vastusteluista huolimatta hän käveli johtajan ovelle ja koputti. Päivä oli ollut aurinkoinen. Hetken oli hiljaista. Sam koputti uudelleen. Kolmannen koputuksen jälkeen hänet pyydettiin sisälle.

– Olen Sam Seitti ja tulin puhumaan irtisanomisista, Sam sanoi. Johtajan tuoli kääntyi ja Sam tajusi tuijottavansa sarvekasta punaista hahmoa, jonka silmät olivat syvän mustat.

1547 Ivana Julmasta tuli Venäjän tsaari.

PINAATTIA - VAIN TOSITARPEESEEN

Roope ei ollut koskaan pitänyt pinaatista, mutta mummo tarjosi sitä joka kerran, kun Roope kävi kylässä.

- Pinaatti tekee sinusta vahvan, mummo sanoi ja tarjosi Roopelle lautasta, jolla oli kaksi suurta pinaattilettua. - Mutta pinaatin kanssa pitää olla varovainen. Sitä ei saa syödä liikaa, mummo jatkoi vielä. Roope vannoi ja vakuutti, ettei sitä pelkoa olisi ikinä. Hän söi kyllä letut, koska ei halunnut pahoittaa mummon mieltä, mutta ei koskaan yhtään enempää.

Mummo kuoli ja Roope huomasi vähän kaipaavansa tämän pinaattilettuja. Päivä päivältä Roope tunsi jotenkin heikkenevänsä, mutta ei hän missään vaiheessa tullut ajatelleeksi, että se liittyisi jotenkin mummoon tai lettuihin. Eräänä päivänä Roope kuitenkin osti pinaattia ja ryhtyi letunpaistohommiin.

Roope söi letun ja toisenkin.Hän tunsi olonsa paremmaksi ja hotki kolmannen ja neljännen. Kuudennen letun kohdalla Roope tunsi olonsa jo liki tukalan täydeksi, mutta ei silti pystynyt lopettamaan. Roope söi ja söi ja tunsi samalla paisuvansa. Ei vain vatsasta vaan aivan kuin kaikki lihakset olisivat turvonneet. Kädet eivät mahtuneet enää olemaan normaalisti ja vain vaivoin Roope pystyi lappamaan pinaattia suuhunsa.

Kukaan ei koskaan saanut selville mitä oikein tapahtui. Kaikki muistelivat nähneensä Roopen viimeksi hintelänä omana itsenään. Joku väitti viime kerrasta olleen pari viikkoa, joku kuukauden. Kaikki olivat epävarmoja, koska eihän se mitenkään ollut mahdollista. Kukaan ei tiennyt Roopen innostuneen kehonrakennuksesta. Kaikki olivat varmoja, että steroidit tappoivat hänet, vaikkei ruumiinavauksessa löydettykään mitään.

18.1.

SUSIMAINEN JUTTU

Ihmissusia. Pah. Kuka niihin uskoo? En minäkään uskonut silloin, kun ensimmäisen kerran kuulin. Ihmisiä katosi. Joku löytyi raadeltuna metsästä. Petoeläimiä. Niitähän täällä korvessa riittää. Joku puhui ihmissusista ja suurin osa nauroi hänelle päin naamaa. Niin minäkin.

Neljä kuukautta. Neljä uhria. Kaikki täydenkuun aikaan. Kyllähän ihmisetkin kärsivät kuuhulluudesta, mutta ei kai kuu sentään saa eläimiä sekoamaan? Näin viimeisen uhrin ja – kai se on myönnettävä, että jopa minä uskoin vähän. Ei se ollut tavallisen suden tai karhun työtä. Joku hirviö sen oli tehnyt.

Täysikuu lähestyi. Naapuri nauroi, mutta minä naulasin ikkunat umpeen ja varustin ovet painavilla salvoilla. Moni muukin nauroi touhuilleni, mutta vaimoni ei. Täydenkuun iltana me lukkiuduimme kotiin. Olin aivan varma, että olisimme turvassa. Oli mikä oli, sen oli helpompi mennä naapuriin. Vaimon mieli ei ollut yhtä rauhallinen. Hän pyysi minua virittämään aseen. En uskonut hetkeäkään tarvitsevani sitä, mutta päätin tehdä niin ihan vain vaimoni vuoksi. Otin takanreunalta pussillisen hopealuoteja, jotka olin ostanut varmuudeksi eräältä kaupustelijalta. Hänellä oli näillä kulmilla tätä nykyä hyvät markkinat. Olipahan kaikki varman päälle.

Kurkotin asetta seinältä. Suljin silmäni hetkeksi. En ollut uskoa näkemääni, mutta näky ei hävinnyt. Kynteni olivat kasvaneet pitkiksi ja täräviksi ja kämmenselistä puski tummaa karvaa. Yritin huutaa vaimolle, että pakenisi, mutta suustani tuli pelkkää murinaa.

1573 Gilles Garnier poltettiin roviolla tuomittuna noitana ja ihmissutena.

19.1.

TIETOKONE NIMELTÄ LISA

- Sen nimi on Lisa. Sille täytyy olla kiltti, mies selitti pojalle, joka oli isänsä kanssa tullut ostamaan tietokonetta. Isä näpräsi vähän matkan päässä puhelintaan, eikä näyttänyt kiinnittävän mitään huomiota mieheen ja poikaan.

- Miksi? poika kysyi.

- Sinun täytyy olla sille kiltti. Lisa on paha kone, jos sen suututtaa, mies täsmensi.

- Mitäs jos me nyt vaan ostetaan se, isä totesi ja nosti katseensa puhelimesta.

Miehen sanat jäivät vaivaamaan poikaa hivenen, mutta uusi tietokone oli niin hieno ja siinä toimivat uusimmatkin pelit, että epäilykset haihtuivat pian. Varoitukset unohtuivat, kuten joskus käy.

Se oli tammikuinen tiistai, kun poika istui koneen ääressä. Hän uskoi vihdoin ja viimein päihittävänsä pelin pääpahiksen. Samassa tietokone sammui. Poika kirosi ja löi näppäimistöä uudelleen ja uudelleen.

- Helvetin rakkine! poika huusi. Samassa näyttöön syttyi valo. Ruudulle ilmestyi teksti: "Press delete, please". Poika ei ajatellut mitään. Tökkäsi vain sormensa nappulalle ja katosi.

1983 Apple Lisa julkaistiin.

HEIKKOJA JÄITÄ

Mies oli kyläilemässä ystävänsä mökillä keskellä talvea. Mökki sijaitsi kauniilla paikalla järven rannalla. Mies yritti houkutella ystäväänsä kävelylle järven jäälle, mutta ystävä pudisteli päätään.

- Me emme mene sinne. Jäät ovat heikkoja, ystävä selitti.

Mies ei ollut uskoa korviaan, eikä käsittää miksi ystävä moista väitti. Pakkaset olivat olleet kireitä jo pitkään. Jäiden täytyi olla hyvin paksuja. Niinpä aamulla, muiden vielä nukkuessa, mies päätti nauttia kirpeästä pakkasilmasta ja kävellä vähän.

Askeleet veivät kauemmas kuin alun alkaen oli ollut tarkoitus, mutta eihän sillä juurikaan ollut merkitystä. "Ainakin pääsen sanomaan, että hänen huolensa oli turha," mies naurahteli mielessään. Samassa hän kuuli kopahduksen ja jää tärähti. Mies katseli ympärilleen. Kuului uusi, edellistä voimakkaampi kopahdus ja jää tärisi taas. Uudelleen ja uudelleen. Mies yritti keksiä järkevää selitystä, mutta sitä ei tuntunut löytyvän. Kerta kerran jälkeen jää tärisi pahemmin ja mies säntäsi jo juoksuun rantaa kohti. Hän ei kuitenkaan ehtinyt montaa askelta ottaa ennen kuin kirves iskeytyi jään läpi suoraan hänen jaloissaan.

Miestä tai kirvestä ei löydetty koskaan. Vain järven rantojen vakituiset asukkaat tiesivät, että sellaisia ne olivat, Köyliönjärven jää ja Lalli.

1156 Lalli surmasi kirveellä Piispa Henrikin Köyliönjärven jäällä.

21.1.

VARO LEIKKIVIÄ LAPSIA

Kun Sandra näki ensimmäisen lapsen, hän luuli kuvitelleensa koko asian. Toisen kohdalla Sandra toivoi nähneensä harhoja. Kolmatta Sandra ei voinut enää mitenkään ohittaa. Pikkuinen poika istui keinussa ja keinui. Poika hoki "eteen-taakse-eteen" keinumisen rytmiin. Sandra tiesi näkevänsä pojan, mutta poika ei silti ollut todellinen. Hän oli kauttaaltaan harmaa ja läpikuultava ja silmät olivat kokonaan mustat.

Sandra ei uskaltanut sanoa kenellekään mitään, koska oli varma, että ihmiset pitäisivät häntä hulluna. Muutamaa päivää myöhemmin Sandra näki poikaa muistuttavan tytön, joka näytti etsivän jotain. Vielä samana päivänä Sandra huomasi pikkuisen tytön, joka näytti piiloutuneen leikkipuiston liukumäen alle. Tyttö hehkui harmaata usvaa.

Tätä jatkui ja Sandra tunsi päivä päivältä kasvavaa tarvetta puhua jollekulle asiasta. Yhä useammin hänestä tuntui, ettei välittäisi pidettäisiinkö häntä hulluna – pakkohan hänen oli olla. Niinpä eräänä päivänä Sandra otti asian puheeksi alueella iät ja ajat asuneen vanhan talonmiehen kanssa. Sandran hämmästykseksi vanha mies näytti tietävän tarkalleen mistä hän puhui.

- Kyllä. Kyllä. Ne ovat niitä Ainolan lapsia. Sinun kannattaa varoa niitä. Ne eivät pidä ihmisistä, jotka tuijottavat, mies totesi ja samassa Sandra tajusi, että mies ei ollutkaan vain vanhuuden harmaannuttama. Mies oli harmaa kuten lapsetkin.

1940 Ainolan lastentarha tuhoutui Talvisodan pommituksissa.

AINOA KEINO

Silloin minä päätin sen. Minä katselin ystäviäni, joiden kanssa olin hetki sitten kiivennyt kilpaa puihin. Katselin heitä ja päätin, että tekisin mitä tahansa, jotta voisin pyyhkiä pois virheen, joka tuntui suurimmalta maailmassa.

Ratkaisun löytäminen ei ollut aivan helppoa. Totta kai ajattelin ensin kaikenlaista muuta. Halusin uskoa, että olisi jokin muu keino.

Lopulta tajusin, ettei muuta keinoa ollut, oli vain viimeinen mahdollisuus. Meni tietysti hyvin paljon aikaa päästä teoista käytäntöön. Tänään. Nyt. On viimeinkin se päivä, jolloin pääsen muuttamaan parempaan paikkaan.

Olen viettänyt useita vuosia valmistellen uutta kotiani. Se sijaitsee viihtyisässä paikassa ja uuteen asuntoon vie hissi. Portaiden rakentamiseen kului kaksi vuotta, mutta ne ovat välttämättömät, koska hissillä pääsen loppujen lopuksi vain yhteen suuntaan. Käytin parhaita mahdollisia asiantuntijoita turvaamaan kaiken mitä tarvitsen. Oli tietysti aika vaikea selittää mihin tarvitsin esimerkiksi tietoa ravinnon turvaamiseksi riittävän pitkäksi ajaksi ja lämmitysjärjestelmistä, jotka toimisivat myös hyvin poikkeuksellisissa olosuhteissa. Onneksi olen kirjailija ja se kelpaa selitykseksi melkein mihin vain.

Myönnetään, että uusi kotini oli vain hyvin pieni osa projektiani. Sen rakentaminen oli lähes olematon juttu siihen verrattuna, että sain käsiini riittävän määrän sitä mikä ratkaisee kaiken.

Minä en halunnut kenellekään mitään pahaa.

Minä haluan vain lopettaa maailman, jossa ihmiset tappavat toisiaan aivan käsittämättömistä syistä.

Uskon, että tämä on ainoa keino.

1905 Pietarin Verisunnuntai, jossa keisari Nikolai II:n henkivartiokaarti ampui aseettomia mielenosoittajia. Kirjailija Aleksanteri Ahola-Valo oli 5-vuotias ja näki kuinka ystäviään tippui ammuttuina puista. Väitteiden mukaan Ahola-Valo päätti tällöin tehdä kaikkensa, jotta aikuisten välinen väkivaltainen hulluus päättyisi.

PEHMEITÄ ASIOITA

- Tänään on niin lämmintä, että melkein aivotkin pehmenevät, sanoi vaari aamulla. Sanonnan olisi ehkä ymmärtänyt pahimmilla kesäkuumilla, mutta ei tammikuun pakkasilla. Saku pudisteli päätään. Hän oli varma, että vaari oli menettämässä viimeisiäkin järjen rippeitä. Niitä mitä dementia ei ollut vielä ehtinyt syödä.

Saku lähti kävelylle. Hän asteli jäistä katua ripein, mutta kuitenkin varovaisin askelin. Hän tarkkaili ympäristöään ja oli huomaavinaan jotain outoa. Aivan kuin puut olisivat olleet erilaisia kuin ennen. Saku uskotteli sen olevan vain lumen aiheuttamaa harhaa. Vähän matkan päässä oli auto. Saku mietti mitä sille oli mahtanut tapahtua. Auton katto oli painunut kummallisella tavalla kasaan.

Sakua vastaan käveli mies, joka oli kai saanut jonkinlaisen halvauksen. Kasvojen toinen puoli näytti roikkuvan selvästi alempana kuin toinen. Saku katseli taloja. Ikkunoiden karmit näyttivät valuvan kaarilla seiniä pitkin. Vasta tässä vaiheessa Saku tajusi, että jokin oli pielessä. Hän vilkuili sinne tänne ja näki muitakin valuvia, roikkuvia ja muotonsa muuttaneita asioita. Saku tunsi olonsa jotenkin pehmentyneeksi. Hän nosti kätensä suoriksi eteensä – tai ainakin yritti. Sormet valuivat kohti maata ja käsivarret olivat absurdilla kaarella.

1989 Salvador Dalí kuoli.

24.1.

LUMIUKKOJEN KOSTO

Kai rakasti lumiukkoja. Tai ainakin niiden hajottamista. Hän rikkoi ne aina tilaisuuden tullen. Jos joku rakensi koulun pihalla välitunnilla jotain lumesta, Kai jäi norkoilemaan ulos muiden mentyä sisälle ja hajotti rakennelmat. Hän potki rikki jokaisen lumiukon, jonka näki koulumatkalla tai pihaleikeissä. Kaverit pyysivät Kaita säästämään heidän ukkonsa, mutta Kai ei kuunnellut.

Eräänä talvisena aamuna Kai heräsi kummaan ääneen. Aivan kuin joku olisi koputtanut hänen ikkunaansa. Kai siirsi pahaa aavistamatta verhoa ja huomasi tuijottavansa vihaisia lumiukkokasvoja. Kai hätkähti. Hän katseli pihaa. Sinne tänne oli rakennettu lumiukkoja ja ne kaikki näyttivät vihaisilta. Kai ihmetteli ja kirosi mielessään, mutta sitten pahanilkisyys voitti. Olkoon kuka tahansa, mutta pilan tekijä oli antanut Kaille hyvää hajotettavaa heti aamun iloksi. Kai juoksi ulko-ovelle, veti kengät jalkaansa ja astui pihalle.

Kai kuuli äänen. Hän ehti miettiä mikä se oli. Samassa katolta tippuva lumimassa hautasi hänet.

41 Rooman keisari Caligula murhattiin.

PIDÄN SALAISUUTESI

- Et saa sitten puhua tästä kenellekään, Ulla vannotti miestä, jota ei ollut tavannut koskaan aikaisemmin, mutta jolle oli jostain käsittämättömästä syystä juuri kertonut puoli elämäänsä.

- Ei hätää. Lupaan pitää salaisuutesi, mies vannoi. Ulla kumartui ottamaan käsilaukustaan jotain, mutta nostaessaan katseensa, mies oli kadonnut. Ullaa harmitti hivenen, hän olisi halunnut sanoa vielä parikin asiaa.

Ulla asteli kotikatuaan pitkin ja näki Inkan ja Teemun kävelevän tien toisella puolella. Ulla vilkutti näille parhaansa mukaan, mutta nuoret olivat kuin eivät olisi huomanneet häntä. Ulla tuhahti. Eipä tällainen vanha nainen kai kiinnostanut heitä. Rappukäytävässä Ulla melkein törmäsi Roosaan, joka juoksi ohi sanomatta sanaakaan. Kaipa hän oli niin ajatuksissaan, Ulla pohti.

Ulla avasi kotioven ja astui eteiseen. Asunnossa tuoksui vahva kahvi. Ulla huhuili miehelleen, mutta ei saanut vastausta. Joku kuitenkin hääräsi keittiössä ja se herätti Ullassa suurta ihmetystä.

- Mikä teitä kaikkia oikein tänään riivaa? Ulla tiuskaisi astuessaan keittiöön. Mies ei vilkaissutkaan vaimoonsa. Samassa Ulla tunsi jonkun koskettavan olkapäätään. Mies, jonka Ulla oli tavannut kahvilassa, seisoi Ullan vieressä ja hymyili.

- Älä ole huolissasi. Minä pidän koko elämäsi piilossa muilta, mies kuiskasi.

1999 esitettiin Salattujen elämien ensimmäinen jakso.

26.1.

VASTAVIERAILULLA

Joonatan oli hyvin kiinnostunut tähdistä. Hän luki kaikki kirjat, jotka kirjastosta löysi ja sai joululahjaksi oman kaukoputken. Sillä Joonatan tähysi taivaalle aina iltaisin, kunnes äiti tai isä patisti pojan nukkumaan.

Tutkittuaan taivasta kauan ja selattuaan avaruuskirjojaan Joonatan huomasi löytäneensä taivaalta kaksi asteroidia, joista ei ollut merkintää missään. Hän puhui niistä vanhemmilleen toistuvasti, mutta vanhemmat toimivat juuri niin ärsyttävästi kuin vanhemmilla joskus tapana oli. He olivat kuuntelevinaan. Nyökyttivät päätään ja kehuivat, mutta oikeasti heitä ei kiinnostanut pätkääkään. Molemmat ajattelivat, että kaikki oli vain Joonatanin kuvittelua.

Kyllä Joonatan kuvittelikin. Hän ajatteli, että mitä jos nimenomaan hän olisikin sattunut löytämään pikkuisia taivaankappaleita, joilla asuisi joku. Hän kuvitteli vihreäihoisia pitkiä olentoja, joilla oli korostuneen soikeat päät ja tummat, suunnattoman kokoiset silmät. Joonatan tiiraili asteroideja ja kuvitteli näitä olentoja.

Oli taas ilta. Joonatan oli asettunut sänkyynsä. Mieli vaelsi tähdissä, mutta väsymys oli ottamassa voiton. Samassa ikkunaan koputti joku. Joonatanin silmät rävähtivät auki ja hän huomasi kahden vihreän, suurisilmäisen olennon tuijottavan häntä ikkunasta.

1938 geodeetti ja tähtitieteilijä Yrjö Väisälä löysi asteroidit 1446 Sillanpään ja 1447 Utran.

VEDENALAINEN TUNNELI

Mies oli työmatkalla. Päivän neuvottelut olivat kuitenkin päättyneet odotettua aikaisemmin ja mies päätti vierailla paikallisessa vesieläinpuistossa. Hän ihasteli merihevosia ja delfiinejä. Miekkavalaiden näytös sai hänet haukkomaan henkeään, niin upeita eläimet olivat.

Näyttely oli kuuluisa valtamerialtaastaan. Altaan pohjalla kulki tunneli, jossa pääsi seuraamaan eläimiä veden alla. Mies käveli tunneliin ja hurmaantui kalojen kiiltävistä kyljistä, korallien väriloistosta ja haista huokuvasta vaarallisuuden tunteesta. Meni hetki ennen kuin mies tajusi ihmetellä tunnelia, joka vain jatkui ja jatkui. Tunneli mutkitteli niin, ettei eteenpäin nähnyt muutamia metrejä pidemmälle. Aina, kun mies oli varma, että seuraavan mutkan jälkeen allas päättyisi, olikin vastassa uusi mutka.

Hiljalleen ympäristö muuttui tummemmaksi eikä mies erottanut enää kunnolla veden liplattavaa pintaa. Myös altaan seinät näyttivät olevan jotenkin kauempana kuin aikaisemmin. Sitten kuului lätsähdys. Mies vilkaisi jalkoihinsa. Hän oli tuijottanut niin tiiviisti allasta, ettei ollut huomannut lattialle kerääntynyttä vettä. Seuraavan mutkan takana mies huomasi särön lasissa. Siitä tihkui läpi vettä.

Mies oli varma, ettei tunnelia voinut olla enää pitkälti jäljellä. Hän olisi voinut palata takaisin, mutta päätteli olevansa lähempänä tunnelin toista päätä. Hän säntäsi juosten eteenpäin. Mutka – toinen – ympärillä pimeni entisestään. Kolmannen mutkan jälkeen tunnelin seinämä räsähti aallon alla ja vesi vei miehen mukanaan.

JÄÄJÄRVI

Mies oli ostanut itselleen uuden mökin järven rannalta. Järvi, joka oli nimeltänsä Jääjärvi, oli kauppahetkellä umpijäässä.

Mies, joka piti kovin avantouinnista, ajatteli juhlistaa uutta mökkiään saunomalla ja avantouinnilla. Niinpä hän kaivoi esille moottorisahan, sahasi jäähän reiän ja marssi saunalle. Kun mies arveli saunan olevan valmis, hän käveli rannan kautta ja huomasi ihmeekseen, että avanto oli ehtinyt jäätyä kiinni. Se tuntui miehestä kummalliselta, mutta hän oli liian hyvällä tuulella antaakseen sen häiritä millään tavalla. Hän teki avannon uudelleen ja lähti saunaan.

Mies saunoi kyllä tovin, mutta ei silti ollut uskoa asiaa todeksi, kun tullessaan järven rantaan hän joutui jälleen toteamaan avannon jäätyneeksi. Nyt miestä jo vähän kiukutti. Hän oli päättänyt päästä uimaan ja hänhän uisi. Mies kaivoi esille moottorisahan, sahasi jäähän aukon ja hyppäsi veteen. Hän pyrki pintaan, mutta törmäsi tuoreeseen jäähän. Aukkoa ei enää ollut.

Jääjärvi jakaa ihmiset kahteen ryhmään. On niitä, jotka uskovat varoituksia ja niitä, jotka eivät.

1999 Kittilässä mitattiin matalin Suomessa havaittu lämpötila: –51,5 °C.

29.1.

TARPEETTOMIA IHMISIÄ

Viimeisin flunssa oli tuntunut jatkuvan loputtomiin. Antonista tuntui, että hän oli ollut kipeänä ainakin kolme kuukautta ja nyt tappavalta tuntuvan päänsäryn lisäksi rintaan pisti, kun hengitti.

Anton soitti terveyskeskukseen ja yritti varata aikaa. Aikoja ei kuitenkaan ollut ja häntä kehoitettiin hakeutumaan ensiapuun. Anton raahusti ilmottautumisluukulle. Toisaalta häntä hävetti tulla ensiapuun flunssan vuoksi, toisaalta hän tuntui, ettei se ollut ollenkaan yliammuttua. Hoitaja tuijotti pitkään tietokoneen ruutua.

- Ai jaa... Jaa-ha. Juu, nainen tuntui höpisevän lähinnä itsekseen ja nosti sitten katseensa Antoniin.
- Teidät on sijoitettu T-soluun. Seuratkaa sinistä viivaa, nainen osoitti lattiaan maalattujen viivojen rykelmää.

Anton lähti seuraamaan viivoja. Hän kulki pitkään. Kääntyi aina silloin tällöin ja lopulta sininen viiva erkani viimeisestäkin kaveristaan. Vielä tämänkin jälkeen käytäviä tuntui riittävän aina vain lisää ja lisää. Lopulta Anton näki kuitenkin edessään miehen, joka seisoi avoimen oven ääressä.

- Anton Tall? mies sanoi kysyvästi.
- Kyllä, Anton huokaisi. Hän kuulosti hengästyneemmältä kuin olisi halunnut kuulostaa.
- Hyvä. Olen odottanut sinua. Sisään, sisään, sisään vaan, mies totesi ja viittilöi Antonia aivan kuin olisi ollut kiire johonkin.

Anton astui huoneeseen. Siellä täällä makasi ihmisiä. Osa nääntyneitä, osa kuolleita. Samassa ovi

pamahti kiinni. Oven ulkopuolella oli lappu, jossa
luki: Tarpeettomia ihmisiä.

***

1860 Anton Tsehov syntyi.

30.1.

VIIMEINEN KEIKKA

Roope oli fanittanut bändiä niin pitkään kuin muisti. Isä oli soittanut levyjä aina iltaisin ja siitä se kai oli saanut alkunsa. Sääli vain, että bändi oli tullut tiensä päähän jo kauan ennen kuin Roope oli syntynytkään.

Oli kylmä tammikuinen ilta, kun Roope käveli töistä kotiinpäin. Työpäivä oli venähtänyt, mutta se ei Roopea haitannut. Hän asui yksin, joten kukaan ei välittänyt milloin hän tuli ja meni. Kaikkialla oli hiljaista, mutta sitten Roope kiinnitti huomionsa musiikkiin. Se kuului hiljaa, kantautui selvästi jostakin kauempaa, mutta silti Roope tunnisti sen. Se oli Roopen ihaileman bändin kenties kuuluisin biisi.

Roope poikkesi reitiltään ja lähti kuin lumoutuneena hakeutumaan ääntä kohden. Musiikki voimistui. Kappale oli melkein lopussa jo, kun Roope viimein näki musiikin lähteen. Neljä ihmistä seisoi korkean talon katolla, soitti ja lauloi. Monet muutkin olivat hakeutuneet talon ympärille kuuntelemaan soittoa. Oli niin pimeää ja talo niin korkea, ettei miehiä nähnyt kunnolla. Silti Roopesta tuntui, että esiintyjät olivat tehneet hyvää työtä näyttääkseen bändiltä, jonka musiikkia soittivat.

Roope hengaili muiden mukana aikansa. Kolmannen biisin keskivaiheilla pilvi lipui viimein pois kuun edestä ja kuu valaisi soittajat. Roope räpytti silmiään. Kuun hohteessa loisti neljä laulavaa luurankoa.

1969 The Beatlesin viimeinen konsertti, The Beatles Rooftop Concert, pidettiin Apple Records -toimiston katolla.

TÄYTETTYJÄ YSTÄVIÄ

Risto istui pöydän ääressä ja puuhaili uusimman projektinsa parissa. Työ vaati tarkkuutta. Se oli ehkä tärkein työ kaikista ja Risto halusi täydellisyyttä. Ovikello soi ja Risto kirosi mielessään. Tietysti jollakin piti olla asiaa juuri nyt.

Alue, jonka Risto oli saanut hoidettavakseen, ei ollut suuren suuri. Se oli vain noin kuusisataa metriä kanttiinsa rajoittuen toiselta puolelta jokeen ja toiselta puolelta hoitamattomaan talousmetsään. Tiedä sitten mitä ihmettä Alanilla oli ollut mielessään, kun hän oli suunnitellut tämän paikan. Ei Risto silti valittanut. Aikaa myöten hän oli keksinyt miten muotoilla Alanin älyttömyydestä itselleen paremmin sopivan. Häiriöitä oli aina vain vähemmän, mitä nyt lähin naapuri oli täysi aasi.

Mutta ovikello. Se soi uudelleen. Se pirulainen tiesi, että hän oli kotona. Risto nousi, asteli jo hivenen kankeiksi käynein askelin ovelle ja avasi oven. Niinpä tietysti. Kukapa muukaan. Riston hyvin tuntema pikkuinen kaveri seisoi ovella ja tutisi kamalasti.

- Mitäs nyt? Risto kysyi.

- Se... pö-pö-pö-pöllö, kaveri sai sanottua.

- Ai ja-ha. Taasko siitä linnusta on harmia? Risto kysäisi. – Astu sisään. Selvitän asian.

Lyhyt ja kaikin puolin pikkuinen kaveri tuijotti ympärilleen ja tärisi.

- Maistuisiko sinulle kanimuhennos? On hyvin tuoretta ja mureaa, Risto sanoi ja viittilöi kohti kattilaa, joka porisi liedellä. Pikkukaveri puisteli päätään.

Hän näki pöydällä työn, jota Risto oli ollut tekemässä.

- O-o-o-onko tuo? kaveri kysyi.

- Kyllä. Sain sen karhun viimeinkin kiinni. Oli viimeinen kerta, kun se pihisti hunajaani. Siitä tulee vielä parempi kuin edellisestä, Risto tokaisi myhäillen ja nyökkäsi seinällä roikkuvaa tiikerinpäätä kohti.

1956 Nalle Puhin luoja A.A. (Alan Alexander) Milne kuoli.

IHMISEN PARAS YSTÄVÄ

Maxilla oli hivenen erikoinen ja joidenkin mielestä vähän kuvottavakin harrastus. Hän täytti omaksi huvikseen kuolleita koiria. Maxilla oli suuri varasto, johon hän oli teoksensa säilönyt. Siellä oli kaikenlaisia koiria. Pieniä ja suuria. Oli kaikkea chihuahuasta berhandilaiseen ja kääpiöpinseristä irlanninsusikoiraan.

Kerran Max tutustui mieheen, joka vaikutti kaikin puolin mukavalta, mutta oli vähän erikoinen hänkin. Se nyt ei varsinaisesti Maxia haitannut. Kyllähän hän myönsi, ettei ollut aivan tavallinen itsekään. Mies ihastui Maxin täytettyjen koirien kokoelmaan suunnattomasti. Hän kehui Maxin tarkkuutta ja sitä miten hyvin oli onnistunut vangitsemaan eläimiin näiden todellisen luonteen. Max oli otettu. Näitä kehuja jatkui useita viikkoja. Mies ei jättänyt käyttämättä yhtään tilaisuutta sanoa mitä mieltä oli koirista ja halusi nähdä Maxin kokoelman aina vain uudelleen.

Eräänä päivänä mies esitti pyynnön, että saisi seuraavaksi yöksi luvatun ukonilman aikaan tulla tekemään erään pienen kokeen koirilla. Max piti pyyntöä erikoisena, mutta halusi olla ystävälleen avuksi ja antoi luvan. Max itse ei ollut ollenkaan iltaihmisiä ja niinpä hän ilmoitti lähtevänsä nukkumaan. Yöllä Max heräsi kovaan jyrähdykseen. Hänelle tuli mieleen, että vieläköhän mies mahtoi puuhastella koirien parissa. Max nousi sängystä ja vilkaisi ikkunasta, josta näki suoraan varastorakennuksen ovelle. Ovi oli raollaan ja sieltä lankesi pimeälle pihamaalle

valoa. Max oli näkevinään hämärissä liikkuvan jon-
kin eläimen, mutta se ei ollut mitenkään tavatonta.
Alueella oli paljon kissoja ja jopa kettuja eksyi joskus
piha-alueelle. Max palasi sänkyynsä.

Max ehti juuri sulkea silmänsä ja ajatella, että uni
tulisi uudelleen hetkessä. Sitten hän kuuli ääntä. Ai-
van kuin joku olisi kulkenut portaissa. Max avasi sil-
mänsä ja näki joukon koiria, jotka tuijottivat Maxia
lasisilla silmillään, paljastivat luonnottoman valkoi-
set hampaansa ja murisivat uhkaavasti.

1851 Frankenstainin kirjoittaja Mary Shelley kuoli.

UUSILLE LADUILLE

Mies oli jo pitkään harrastanut hiihtämistä. Hän oli osallistunut pienempiin hiihtokilpailuihin, mutta nyt hän tähtäsi tosissaan pidemmille matkoille. Oli hyväluminen talvi ja hiihtämään oli päästy aikaisin. Ainoa asia, joka miestä harmitti, oli se, että paikallinen hiihtoreitti tuntui auttamatta liian lyhyeltä. Pitkää matkaa hiihtäessä ehti maisemiin kyllästyä monet kerrat ja muut hiihtäjät haittasivat vauhdin pitämistä.

Eräänä päivänä mies kuitenkin huomasi ladun haarautuvan yllättävässä paikassa. Uusi latu vei suoraan metsään, mutta oli tehty latukoneella ja oli kaikin puolin niin hyväkuntoisen näköinen, että sen oli aivan pakko olla jonkinlainen uusi lisälenkki vanhaan reittiin. Mies myhäili. Juuri tätä hän olikin kaivannut.

Mies lähti innoissaan uudelle ladulle. Vihdoinkin vaihtelua. Hän sivakoi eteenpäin ja ihasteli uuden lisäyksen pituutta. Pikkuhiljaa hämärsi. Miehen tahtikin alkoi hiipua. Hän ajatteli, että huomenna pitäisi mitata matka. Hämärä syveni ja vasta silloin mies tajusi, ettei reitillä ollut valoja.

"Niin uusi reitti vielä. Pitänee tulla huomenna aikaisemmin", mies ajatteli.

Ensimmäistä kertaa mies vilkaisi taakseen aikomuksenaan kääntyä ja palata hiihtämäänsä latua takaisin. Mutta mitään latua ei ollut. Mies vilkaisi eteensä ja huomasi seisovansa umpihangessa.

1959 Djatlovin solan onnettomuus. Hiihtovaelluksella ollut ryhmä kuoli hyvin erikoisissa olosuhteissa.

SOITTAJAN SORMET

Selma oli muuttanut hetki sitten uuteen taloon, joka tuntui hänestä varsin kodikkaalta. Eräänä iltana Selma valvoi tavallista pidempään. Hän makasi valveilla sängyssään ja luki kirjastosta lainaamaansa kirjaa. Yhtäkkiä hän kuuli musiikkia. Aivan kuin joku olisi soittanut pianoa, mutta Selmahan oli talossa yksin. Selma kiersi talon jokaisen huoneen. Hän oli varma, että oli unohtanut television tai radion auki. Mitään ei kuitenkaan löytynyt. Jossain vaiheessa soitto lakkasi ja Selmakin nukahti.

Sama kuitenkin toistui ilta toisensa jälkeen. Selma puhui tästä ystävilleen ja jopa lääkärilleen. Kaikki epäilivät Selman vain olevan stressaantunut muutosta ja kuvittelevan kaiken. Eräänä päivänä Selma törmäsi naapuriinsa ja selitti tälle tilanteen ajatellen musiikin ehkä kantautuvan viereisestä talosta. Naapuri ei näyttänyt edes hämmästyvän. Hän kertoi, että talossa oli kauan sitten asunut perhe, jonka tytär oli rakastanut pianon soittoa. Kaikki oli mennyt hyvin, kunnes tytön äiti oli mennyt uusiin naimisiin ja uusi isä oli ollut hyvin ilkeä ja ilmeisesti myös sekaisin päästään. Naapuri kertoi kuulleensa, että eräänä päivänä mies oli leikannut tytön sormet irti, mutta asiasta ei ollut täyttä varmuutta, koska perhe oli kadonnut aivan yllättäen jälkiä jättämättä.

Tarina jäi vaivaamaan Selmaa. Mitä enemmän hän asiaa mietti, sitä varmempi hän oli siitä, että talossa eli jonkinlainen kummitus. Sinä iltana soiton alkaessa, Selma hiipi hiljaa alakertaan. Hän kuunteli niin tarkkaan kuin suinkin pystyi ja pyrki paikallistamaan mistä ääni kuului. Ja niinhän siinä kävi, että Selma huomasi yhden olohuoneen lattialankun olevan irti. Sydän pamppaillen Selma nosti lankun ylös. Lankun alla lojui kymmenen pianon kosketinta sekä pikkuruisia luita, joiden Selma arveli joskus olleen sormia.

Surullisena Selma keräsi luut pieneen kankaiseen pussiin ja lähti ulos. Hän ei alkuun tiennyt itsekään minne oli menossa, mutta askeleet kulkivat kuin itsestään hautausmaalle. Selma etsi kauniin paikan suuren vaahteran alta ja hautasi luut sinne.

Sen illan jälkeen Selma ei enää kuullut soittoa. Hän kyllä lähes kaipasi sitä hivenen, mutta tiesi tytön päässeen viimeinkin rauhaan.

1959 Päivä jolloin musiikki kuoli. Buddy Holly, Richie Valens, ja J.P. "The Big Bopper" Richardson kuolivat lento-onnettomuudessa.

4.2.

KETUTUKSEN HUIPENTUMA

Markolla oli ollut todella huono päivä. Töissä pomo oli kiukutellut. Kotimatkalla hän oli saanut tyttöystävältään tekstiviestin, jossa Kaisa totesi haluavansa ottaa aikalisän. Kotona odotti paitsi Rokki-koira, myös iso haiseva läjä. Totta kai koiralla oli ripuli juuri tänään. Milloin muulloinkaan.

Marko siivosi, keitti kupin kahvia ja istui tietokoneen äärelle. Facebook oli täynnä kaikenlasita propagandaa, josta Marko ei niin välittänyt. "Pakolaiset sitä, pakolaiset tätä, hallitus sitä, hallitus tätä." Marko pelasi pari kierrosta Farm heroa, mutta elämät loppuivat, eikä kukaan ollut antamassa uusia. Harmistuksissaan Marko kirjoitti statuksen: "Mä oon niin kuollut tähän ketutukseen". Hän sulki koneen ja meni sänkyyn.

Aamulla kaikki tuntui paremmalta. Aurinko paistoi jo ja Marko hoki itselleen, että tästä tulisi hyvä päivä. Hän asteli keittiöön, laittoi kahvin tulemaan ja teki pari voileipää. "Hyvä päivä aloittaa lenkkeily", Marko ajatteli, kiskoi yöpuvun paitaa päältään ja asteli makuuhuoneeseensa tarkoituksenaan vaihtaa vaatteet. Ajatus jäi kuitenkin kesken. Marko pysähtyi. Hän näki jonkun makaavan vuoteessaan. Ruumis oli täysin liikkumaton ja hiljaa. Tietysti. Olihan se Markon kuollut ruumis.

2004 Facebook perustettiin.

AITOA TAVARAA

Helvi oli kutsunut Tuulan luokseen käymään. Runebergin päivä kun oli, Helvi tarjosi kahvin kanssa perinteisiä Runebergin torttuja.

Tuula piti tortuista kovin, vaikka niissä hänen mielestään tuntui jokin kerrassaan omituinen sivumaku. Se ei kuitenkaan haitannut. Tortut olivat hyvin kuohkeita, eikä kuorrutuskaan ollut liian makea.

Tuula pyysi Helviltä reseptiä, että voisi yrittää tehdä samanlaisia kotona miehelleen, mutta Helvi kieltäytyi. Hän sanoi reseptin olevan salaisuus, joka on kulkenut suvussa aina 1800-luvulta lähtöisin. Tuula ei kuitenkaan antanut helposti periksi vaan kinusi ja kinusi ja kinusi. Helvi hymähti.

- En anna sinulle reseptiä, mutta voin paljastaa salaisen ainesosan, hän sanoi.

- Minä tiesin, että tässä on jotain erikoista, Tuula hihkaisi.

- Mutta sinun on vannottava, ettet kerro siitä muille, Helvi vaati.

- En. En varmasti kerro, Tuula lupasi.

- Siinä on ripaus aitoa Runebergia. Alkaa olla melkoinen haaste löytää aina tähän tarkoitukseen sopiva sukulainen.

Runebergin päivä, Johan Ludvig Runeberg syntyi 1804.

6.2.

PRESIDENTTI

- Minusta tulee isona presidentti, Joona julisti. Hän oli vasta kuusi vuotias ja hänellä oli vain vähäinen käsitys siitä mitä presidentti tarkoitti.

- Sepä hienoa, äiti tuumasi. - Mitähän se sellainen presidentti oikein tekee?

- Minä päätän missä mikäkin on. Mitä saa tehdä ja mitä ei. Minä päätän kuka elää ja kuka kuolee, Joona julisti kovaan ääneen.

- Joona. Se on Jumala. Ei presidentti, äiti naurahti.

- Älä naura minulle tai sinä kuolet, Joona murahti. Hänellä oli huono päivä.

- Joona. Ei saa sanoa noin. Mutta ei presidentti päätä siitä kuka saa elää ja kuka kuolla, äiti selitti vielä.

- Minusta tulee presidentti ja minä päätän, että sinä kuolet, Joona huusi ja juoksi pois.

NELJÄKYMMENTÄ VUOTTA MYÖHEMMIN

- Täten palautan kuolemantuomion rangaistukseksi maahamme ja ensimmäisenä teloitetaan Maria Virtanen hallitsevan presidentin uhmaamisesta, presidentti julisti. Nainen, jota kaksi vartijaa lähtivät taluttamaan ulos oikeussalista, huusi ja aneli poikaansa, mutta tämä oli tehnyt päätöksensä jo vuosia sitten.

1994 Martti Ahtisaari valittiin presidentiksi.
2000 Tarja Halonen valittiin presidentiksi.

PAIKALLISTA TUOTANTOA

Pappi oli katsellut Marjaleenaa jo pidemmän aikaa vähän surumielin ja huollissaan. Pienellä paikkakunnalla kaikki tunsivat toisensa ja pappi teki kaikkensa, että juttuun tultaisiin toistensa kanssa. Marjaleena oli kuitenkin jäänyt sivuun.

Marjaleena oli vanha nainen, joka asui yksin mökissä vähän syrjemmällä. Nainen oli ihan pikkuisen noidan maineessa ja siitäkin pappi tunsi omantunnonpistoksen mielessään. Uskonnon vainoistahan nämä vanhat noitahömpötykset olivat lähteneet liikkeelle.

Nyt pappi oli päättänyt tehdä asioihin muutoksen ja lopettaa ihmisten kyräilyn Marjaleenan suhteen. Niin pappi piipahti naisen mökille. Marjaleena kertoi, että kyllähän hän vähän yksinäinen on, mutta oli oppinut elämään sen kanssa. Sanoi jopa, etteivät noita-puheet häntä niin häirinneet, kun kyllähän hän tykkäsi pieniä yrttirohtoja valmistella ja niitä pikkuhinnasta myydäkin. Ihmekös tuo, että kaikki eivät katsoneet moista suopein silmin. Marjaleena kertoi papille silmää iskien keitelleensä jopa jokusen lemmenjuomankin.

Pappi keksi, että seurakunnalla oli viikonloppuna laskiaistapahtuma, johon Marjaleena voisi hyvinkin tulla tuotteitaan myymään. Marjaleena esteli hetken, mutta pienen neuvottelun jälkeen syntyi yhteisymmärrys. Marjaleena oli jo vuosia keitellyt vanhan seudulla asuneen suvun reseptillä mehua ja se kuulosti mitä mainioimmalta myyntituotteelta tapahtumaan.

Viikonloppu tuli. Ihmiset katselivat Marjaleenaa ja tämän mehukojua vähän epäillen syrjemmältä.

Pappi päätti, että hänpä näyttää. Hän meni, osti naiselta mehua ja joi jutellen samalla niitä näitä naisen kanssa. Muut seurasivat pikkuhiljaa papin esimerkkiä ja huomasivat mehun lisäksi löytäneensä mukavan uuden tuttavuuden. Marjaleena oli asunut paikkakunnalla iät ja ajat ja osasi kertoa kaikille hauskoja juttuja siitä mitä näiden isoisät ja puolitutut olivat kymmeniä vuosia sitten tehneet.

Pappi tunsi huonovointisuuden iskevän jo ennen kuin ensimmäinen lapsi oksensi. Toinen ja kolmaskin ehtivät oksentaa ennen kuin papin itsensä oli annettava periksi. Ensimmäisenä oksentaneen pojan äitikin oksensi ja... Pappi tunsi kylmän hien nousevan otsalleen. Hän mietti kuumeisesti mistä tässä oikein oli kyse. Olivatko he tarjonneet epähuomiossa vanhoja makkaroita vai mitä? Ei. Ei makkaroissa voinut olla vikaa, koska pappi itse ei ollut ehtinyt laittaa suuhunsa ruuan muruakaan. Samassa hänen mieleensä juolahti Marjaleena ja tämän mehu.

Pappi ryntäsi Marjaleenan kojulle ja mietti kuumeisesti miten hän kysyisi asiasta mahdollisimman tahdikkaasti. Hän ei suinkaan halunnut loukata naista tai aiheuttaa hänelle minkäänlaista pahaa mieltä.

- Hei. Minulle tuli tuossa mieleen. Onhan mehu varmasti tuoretta? pappi sai lopulta kysyttyä.

- Kyllä. Tietysti. Kaikki ainesosat olen hyvin tarkkaan valinnut ja keittänytkin vasta eilen, Marjaleena vastasi hymyillen leveästi ja nyökytti päätään.

- Oletteko te nyt aivan varma? pappi tiedusteli vielä. Ajatus ei jättänyt häntä rauhaan. Marjaleenan hymy hyytyi. Hän näytti jo vähän... Pappi ei ollut aivan varma oliko se loukkaantumista vai huolestumista.

- Voi olen, Marjaleena huokaisi. - Olin hyvin tarkka kaikista ainesosista. Olin erityisen huolellinen kärpässienien kanssa.

Laskiaissunnuntai.

ILVEILIJÄT

- Onko tämä jokin uusi leikki? Mari kysyi tyttäreltään Sonjalta, joka ilveili kummallisesti ja tuijotti äitiään. Sonja ei vastannut.

- Otetaanko kilpailu? Kumpi osaa ilveillä kamalammin? Mari kysyi ja väänsi naamansa hirvittävään irvistykseen. Sonja väänteli naamaansa ja näytti kaikin puolin kammottavalta.

- Minäpäs osaan tehdä näin, Mari sanoi, veti suupielet niin leveälle kuin sai ja väänsi silmänsä kieroon.

- Äiti. Näytänkö minä jo siniseltä? Sonja kysyi lopulta.

- Et. Miten niin? Mari vastasi.

- No kun nuo tädit näyttävät. Minä vain matkin heitä, Sonja sanoi ja osoitti Marin selän taakse. Mari hätkähti, hän vilkaisi taakseen, mutta ei nähnyt ketään.

- Eihän siellä ole ketään, Mari sanoi.

- On siellä. Monta naista, joilla on köydet kaulassa ja he ilveilevät näin, Sonja selitti ja väänsi naamalleen ilmeen, joka muistutti pelottavasti tukehtuvaa ihmistä.

1692 sai alkunsa tapahtumasarja, josta seurasivat Salemin noitaoikeudenkäynnit. Ainakin 19 teloitettiin hirttämällä tuomittuina noituudesta.

KARANNUT HEVONEN

- Raisa! Raisa! Devon on karannut! tyttö huusi sännätessään eteiseen. Raisa tuijotti siskoaan. Hän ei ollut uskoa kuulemaansa. Mihin Devon muka olisi mennyt? Ja miksi? - Se on varmasti säikähtänyt jotain, sisaruksista nuorempi, Maria, sanoi.

- Entä, jos se on varastettu? Raisa kysyi.

- Ei. Ei se ole. Mudassa on aivan selvät jäljet mistä se on mennyt.

Tytöt tuumailivat hetken ja päättivät yrittää etsiä hevosta itse. Pitkään he pystyivätkin seuraamaan jälkiä ilman ongelmia, mutta sitten ne päättyivät suoraan joen rantaan.

- Sen on pakko olla uinut yli, Raisa huokaisi.

- Katso! Maria sanoi ja osoitti joen toista rantaa. Jopa rannalta näki selvästi, että kavionjäljet jatkuivat uoman toisella puolella. Tytöt löysivät pian puunrungon, jota pitkin he ylittivät joen uskoen, että saisivat vielä hevosen kiinni.

Joki oli kuitenkin hevosen ylittämistä esteistä tavanomaisin. Seuraavaksi tytöt tulivat talolle, jonka katolla oli mutaisia kavionjälkiä. Kavioiden jäljet päättyvät talon seinän luona ja jatkuivat katolla ja talon toisella puolella. Raisa tuijotti taloa:

- En tiennyt, että se pystyy hyppäämään noin korkealle.

Kului päivä, eivätkä tytöt tavoittaneet hevosta. Maria aneli Raisaa palaamaan kotiin, mutta Raisa uskoi, että hevosen täytyi olla lähellä. Silloin he saapuivat suuren ja jyrkän kallion luo. Kavioiden jäljet päättyivät kallion juurelle ja kalliossa näkyi vain noin kymmenen senttiä pitkä halkeama.

- Se on mennyt tuosta, Raisa kuiskasi ja osoitti halkeamaa.

- Sen on täytynyt kiivetä, Maria sanoi ja käänsi katseensa ylös.

- Miten muka? Raisa kysyi.

Tytöt päättivät kuitenkin etsiä reitin ylös.

- Kuuntele, Maria hihkaisi heidän saavuttaessaan juuri kallion yläreunaa. Raisa oli kiinnittänyt huomionsa samaan. Kuului hirnuntaa. Tytöt riemastuivat. Kaikki väsymys oli kuin pois pyyhkäisty. He kurkistivat kallion reunalta ja näkivät hämärässä hahmon.

- Devon, Raisa huusi iloisena. Samassa hevonen nousi takajaloilleen ja hetkessä se ei muistuttanut enää hevosta laisinkaan. Sen ruumiinmuoto muuttui ja päähän kasvoi sarvet. Viimeinen asia, jonka tytöt kuulivat oli möreä ääni:

- Teidän ei olisi pitänyt seurata minua.

1855 Devonissa Englannissa löydettiin Devonin paholaisen jäljet, jotka kulkivat katkeamattomina 160 km matkan ja ylittivät mm. jokia ja taloja ja näyttivät kulkevan mm. 10 cm halkaisijaltaan olevien putkien läpi.

VIIMEINEN NAULA

Äiti heräsi yöllä Lean korvia särkevään huutoon. Hän juoksi niin nopeasti kuin suinkin pystyi tytön huoneeseen. Lea istui sängyssä ja kiljui. Tytön nilkasta valui verinoro.

- Sattuu! Sattuu! Sattuu! Aivan kuin joku olisi lyönyt naulan nilkkaani! Lea ulvoi. Äiti katsoi haavaa, puhdisti sen ja peitti laastarilla.

- Mikähän siihen oikein osui? äiti tuumi, mutta kun vastausta ei tuntunut löytyvän molemmat palasivat nukkumaan.

Aamulla Lea ontui toista jalkaansa.

- Onko se vieläkin noin kipeä? äiti tiedusteli.

- Aivan kuin nilkassa olisi naula, Lea vastasi.

Seuraavana yönä äiti heräsi taas Lean huutoon. Tällä kertaa verta tuli ranteesta. Sama toistui kolmantena yönä, jolloin veri virtasi kylkiluiden alta. Sitten polvesta ja silmäkulmasta. Lopulta äiti vei tytön lääkäriin. Lääkäri kummasteli tapausta. Kyseli äidiltä, että saattoiko Lea olla jotenkin itse aiheuttanut vammansa? Äiti kielsi.

Monien tutkimusten jälkeen lääkäri lähetti Lean röntgeniin. Äiti katseli kuinka lääkäri tuijotti röntgenkuvaa sanomatta mitään.

- Minun täytyy konsultoida tästä toista ihmistä, lääkäri sanoi lopulta ja poistui.

Sairaalaan saapui poliisi ja sosiaalityöntekijä. Poliisi otti huostaansa Lean äidin ja isän, sosiaalityöntekijä Lean. Sen verran äiti sai selville, että röntgenkuvassa oli näkynyt pikkuisia nauloja hakattuna Lean niveliin ja luihin.

Lea jäi sairaalaan. Seuraavana päivänä oli tarkoitus aloittaa pitkälliset leikkaukset, joissa naulat poistettaisiin. Seuraavana aamuna sairaanhoitaja löysi Lean kuolleena. Hänen sydämeensä oli lyöty pitkä naula.

1923 röntgensäteilyn keksijä Wilhelm Röntgen kuoli.

HÄTÄKESKUS, KUINKA VOIN AUTTAA?

Sinä päivänä, kun Roosa tuli kotiinsa, häntä odotti kammottava näky. Hän huomasi miehet onneksi jo kaukaa. Oli kauhistuttavaa ajatella, mitä olisikaan voinut käydä, jos hän ei olisi huomannut. Kaksi tummiin pukeutunutta miestä kantoi juuri Roosan taulu-tv:tä autoonsa, kun Roosa kääntyi kotikadulleen.

Roosa ei aikaillut. Hän tarttui kännykkäänsä ja soitti hätänumeroon.

- Hätäkeskus, kuinka voin auttaa? kuului puhelimesta vastaus.

- Kotiini on murtauduttu. Kaksi miestä kantaa tavaroitani ulos, Roosa selitti ja antoi osoitteensa. Hätäkeskuksesta luvattiin lähettää apua.

Meni hetki, miehet olivat ehtineet kantaa autoon jo tietokoneen ja printterin, kun tielle kaarsi musta auto. Se pysähtyi miesten auton vierelle ja autosta nousi tumma hahmo. Hahmo hiipi talon nurkalle. Roosalla meni hetki ymmärtää, mitä oli tapahtumassa. Mies kantoi mukanaan kanisteria ja kaatoi talon seiniin jotain.

Roosa soitti hätänumeroon uudelleen.

- Hätäkeskus, kuinka voin auttaa? puhelimeen vastattiin. Roosa selitti hädissään soittaneensa hetki sitten apua murtovarkaiden vuoksi, mutta että nyt joku yritti polttaa taloa. Hätäkeskuksesta luvattiin lähettää lisäapua.

Kului taas hetki. Roosa alkoi olla todella hermostunut. Hän pelkäsi, että mies ehtisi sytyttää talon palamaan ennen kuin apu tulisi. Tielle saapui uusi auto. Tai oikeastaan se näytti hyvin vanhalta. Se oli musta farmariauto, josta nousi kaksi tummiin pukeutunutta miestä, jotka kantoivat sylissään jotain. Toinen miehistä käveli Roosan keittiön ikkunan luo ja heitti jotain päin ikkunaa. Lasi särkyi ja keittiössä räjähti.

Roosa vilkaisi kelloonsa. Tuntui, että ensimmäisestä hätäkeskuspuhelusta oli kulunut jo aivan liian kauan. Roosa soitti hätänumeroon jälleen.

- Hätäkeskus, kuinka voin auttaa? ääni kuulosti Roosasta samalla tutulta ja jollakin tavalla omituiselta. Hän ei muistanut kiinnittäneensä ääneen huomiota aikaisemmin. Roosa selitti tilanteen ja ääni puhelimessa lupasi lähettää lisää apua pikimmiten.

Silloin Roosa kuuli ensimmäistä kertaa sireenien äänen. Hetken päästä näkyi jo aavistus valovälkettä. Se oli kuitenkin jotenkin omituista. Aivan liian tummaa. Samassa pihatielle ajoi musta pitkä auto, jonka katolla välkkyi musta ja valkoinen valo. Autosta nousi mustahuppuinen pitkä hahmo, joka kumartui ottamaan autosta jotain. Valovälke heijastui viikatteen terästä ja hahmo kääntyi Roosaa kohden ja lähti kävelemään tämän luo.

Kansallinen hätäkeskuspäivä - 112-päivä;
11. helmikuuta = 11.2.

PAHAN LAPSIA

- Älä ole niiden kanssa. Ne ovat pahan lapsia, mummo varoitteli Samusta ja Vilistä aina. Äiti katsoi mummoa paheksuen ja pudisteli päätään.

- Ei noin saa sanoa. Ei pahoja lapsia olekaan, äiti vannoi. Äiti tiesi paljon, mutta jotenkin minusta tuntui aina, että mummo tiesi enemmän. Siksi en leikkinyt Samun ja Vilin kanssa koskaan.

Sitten se alkoi. Lähiseudulta katosi lapsi toisensa jälkeen. Kaikki kadonneet olivat ihan pieniä lapsia, jotka tuntuivat häviävän suurin piirtein, kun vanhempi käänsi selkänsä. Lapset katosivat arkipäiväisissä tilanteissa, kauppareissuilla ja pihatöissä. Kaikki olivat varuillaan. Kukaan ei uskaltanut jättää lastaan hetkeksikään.

Kului viikkoja. Lapsia ei kadonnut, mutta ihmiset kertoivat tarinoita pedosta, joka vaani jossain pimeydessä ja turhautui tarkan vartioinnin vuoksi. Se oli siellä ja odotti. He olivat oikeassa. Samu ja Vili turhautuivat ja nappasivat mukaansa pikkupojan, joka oli äitinsä kanssa ostoskeskuksessa. Kaikki tallentui valvontakameran nauhalle ja siksi päästiin syyllisten jäljille.

Samua ja Viliä ei löydetty koskaan. Olen varma, että olin viimeinen, joka näki heidät. Olimme isän kanssa hiihtäneet vähän syrjemmälle normaalista reitistämme. Isä hiihti edellä ja minä huomasin kauempana jotain. Tunnistin Samun ja Vilin, mutta en pitkää, tummiin pukeutunutta miestä, joka oli heidän kanssaan. Hiihdin lähemmäs. Mies, jonka kasvoja en koskaan nähnyt, kietoi kätensä poikien hartioille ja totesi:

- Poikani, on aika lähteä kotiin. Ja sitten he katosivat.

PERINTÖKORU

Minä näin sen korusta heti. Sen, että se on arvokas. Sitä kiikutti sellainen vanha mummeli, jolla oli toinen jalka haudassa ja molemmat silmät puolisokeita. Ei se mitään enää nähnyt, mutta minä näin. Nainen selitti, että koru oli hänelle tärkeä, koska oli hänen isoäitinsä tädin huomenlahja ja pyysi minua puhdistamaan sen. Siinä paikassa, kun nainen laski korun käteeni ja näin siinä kimaltavan ison topaasin, tiesin, että minun on saatava se keinolla millä hyvänsä.

Mielessäni välähti, että voisin tehdä korusta kopion, nainen tuskin tulisi huomaamaan vaihdosta. Ja niin minä ryhdyin töihin. Olin kohtalaisen tyytyväinen työni jälkeen, vaikka olinkin varma, että useimmat olisivat tajunneet huijauksen. Nainen ei kuitenkaan näyttänyt huomaavan mitään. Hän ihasteli korua ja kiitteli kovin. Minä vain odotin hänen poistuvan, ja kun hän lähti, juoksin oitis takahuoneeseen. Minulla oli mielessä muutama keräilijä, jolle korua voisin tarjota. Yritin sommitella sitä mahdollisimman hyvin valokuvaa varten ja lopulta päätin ottaa kuvan korusta kaulassani. Peilasin itseäni. Lukko napsahti kiinni ja samassa huomasin jotakin outoa. Ketju lyheni silminnähden. Yritin avata lukkoa, mutta pian ketju oli kutistunut niin paljon, että yltti vain juuri ja juuri kaulani ympäri. Yritin repiä ketjua poikki, mutta se vain lyheni ja lyheni ja lyheni...

2004 Maailmankaikkeuden suurin tunnettu timantti löytyi. Tähden BPM37093 ydin on halkaisijaltaan n. 4000 km kiteytynyttä hiiltä eli timanttia.

HYVÄÄ YSTÄVÄNPÄIVÄÄ

Matias oli vielä töissä, kun puhelin pärähti soimaan. Puhelu tuli kotoa ja Matias ehti ihmetellä, että mitä vaimolla oikein oli asiaa, kun ei tämä yleensä kesken työpäivää soitellut.

- Olisit voinut varoittaa, että tätisi tulee käymään, Sonja pauhasi puhelimeen ennen kuin Matias ehti edes moikata. – Meillä ei ole kuin jotain pakastepullaa ja onhan se nyt noloa. On ystävänpäivä ja kaikki.

- Mutta en minä tiennyt, Matias selitteli ja samalla mietti mikä ihme oli tuonut tädin heille näin yllättäen.

- Hän oli kamalan pahoillaan, kun ei viime vuonna muistanut meitä kortilla ja päätti nyt tulla ihan omatoimisesti toivottamaan hyvää ystävänpäivää, Sonja selitti. – Hirmuisen mukava tätihän hän on.

- Jaa. Jaa, mies tuumaili. – Onpas hassua. Ei se Eevi-täti yleensä mikään kamalan mukava ole.

- Ei. Ei Eevi, nainen naurahtaa. – Kyllähän minä Eevin tunnen, mutta tämä nainen on minulle ihan uusi tuttavuus.

Matiasta kylmäsi.

- Kertoisitko vähän lisää siitä tädistä, hän pyysi.

- Tuommoinen, onko nyt rumasti sanottu, että pikkuisen tanakka. Hiukset on kikkaralla ja värjätty aika vahvasti punaisiksi, Sonja selitti.

- Ei. Ei voi olla totta, Matias kuiskasi.

- Mitä sinä sanoit? Minä en kuullut, Sonja sanoi.

- Sen täytyy olla Maija-täti, mutta Maijahan kuoli viime vuonna pari päivää ennen ystävänpäivää.

Ystävänpäivä.

HIRVIÖ MIEHEKSI

Poliisi oli juuri aloittanut työvuoronsa. Tänään oli tarkoitus partioida kaupungilla. Kaiken järjen mukaan piti olla tulossa rauhallinen ilta, mutta eihän sitä koskaan tiennyt.

Poliisi oli ehtinyt ajella vain hetkisen katuja ristiin rastiin, kun joku säntäsi poliisiauton vierelle ja takoi ikkunaan. Poliisi jarrutti ja rullasi ikkunan auki.

– Ammu minut! Ammu minut, mies huusi poliisille.

– Noh, noh, äläs nyt tuollaisia, poliisi rauhoitteli miestä. Mies näytti resuiselta. Vaatteet olivat nuhjuiset ja paikoitellen jopa rikki. Miehen hiukset roikkuivat silmillä ja parta oli kasvanut epäsiistiksi sängeksi. Poliisi päätteli, että mies oli luultavasti vetänyt jotain huumeita, ei tällainen käytös ollut selitettävissä millään muulla.

– Ammu minut. Tai pidätä edes! mies huusi ja takoi poliisiauton kattoa. Poliisi pudisteli päätään. Sekaisin mies oli, sitä ei ollut kiistäminen, mutta ei sitä nyt kaikkia sekopäitä pidättämäänkään ehtinyt. Tänä säästöjen aikana pidätetyt piti viedä 100 km:n päähän putkaan, eikä hän olisi ihan huvin vuoksi viitsinyt käyttää isoa osaa työvuorostaan siihen.

– Rauhoitutaanpas nyt, poliisi sanoi.

– En rauhoitu. Minä vaadin sinua pidättämään minut! mies huusi ja tarrasi poliisiauton sivupeiliin. Hän repi ja riuhtoi peiliä. Poliisi huokaisi.

– Hyvä on, hyvä on, hän sanoi, nousi autosta ja käveli toiselle puolelle autoa, jossa mies tarjosi jo valmiiksi ranteitaan, joihin poliisi napsautti käsiraudat.

Mies suorastaan loikkasi poliisiauton takapenkille.

Poliisia nauratti jo vähän. Kunpa kaikki pidätettävät olisivatkin näin helppoja, hän ajatteli. Hän istuutui autoon ja samassa takapenkiltä kuului hirvittävää karjuntaa ja koko auto heilui miehen tempoillessa sinne tänne.

- Hei, rauhoitu vähän, poliisi sanoi ja kääntyi katsomaan taakseen.

Takapenkillä istui suuri karvainen hirviö käsiraudoissa.

1978 sarjamurhaaja Ted Bundy pidätettiin.

HIRVEÄSTI MUURAHAISIA

Severi katseli talonseinustoja ja kirosi hiljaa mielessään. Niitä oli kaikkialla. Pieniä mustia täpliä, jotka vilistelivät sinne tänne. Severi potki soraa ja mutisi, että vielä näyttäisi kuka tässä talossa oikeasti asui. Ovi paukkui Severin lampsiessa sisään hakemaan muurahaismyrkkyä ja takaisin ulos. Mies hykerteli tyytyväisyyttään levittäessään valkoista jauhetta talon ympärille.

Severi kävi hyvillä mielin nukkumaan. Hän tunsi saaneensa aikaan jotain. Keskellä yötä Severi kuitenkin heräsi. Pienen hetken hän ehti miettiä, mikä ihme hänet oikein herätti, mutta sitten kutina ja pistely tuntuivat joka puolella. Severi pomppasi istumaan raapien samalla itseään ja napsautti lukuvalon päälle. Kaikkialla, joka paikassa, oli mustamaan muurahaisia. Ne olivat pieniä, mutta suurella joukolla vyöryivät Severin päälle ja painoivat hänet takaisin makuulle. Niitä oli kaikkialla. Severi puristi silmiä kiinni, mutta muurahaisia oli jo korvissakin. Hän huusi ja muurahaiset vyöryivät hänen suuhunsakin. Severi raotti silmäänsä ja viimeinen asia, jonka hän enää elävänä näki, oli muurahaismyrkypurkki, joka liikkui lattialla mustan liikkuvan muurahaismaton päällä häntä kohti.

1568 Pyhä istuin (Paavi) tuomitsi kaikki Hollannin asukkaat kuolemaan kerettiläisyydestä.

17.2.

TELEVISIOVAROITUS

Ilmari lojui olohuoneen nojatuolissa ja torkkui. Tv:ssä pyöri edellisillan jääkiekko-ottelu, mutta Ilmari ei kiinnittänyt siihen sen suuremmin huomiota. Hän tiesi pelin kulun paremmin kuin hyvin. Olihan hän itse ollut siellä pelaamassa.

- Vastustaja taklaa Ilmari Virtasen todella pahoin. Virtanen liukuu päin kaukalon laitaa. Ai jai. Nyt näyttää pahalta, selostaja huusi. Ilmari kohotti katseensa ja tuijotti tv:tä. Tuollaista ei ollut eilen tapahtunut.

- Ai jai. Näkyykö siellä liikettä? Ei näy. Nyt taisi sattua pahasti! selostaja karjui. Vasta silloin Ilmari kiinnitti huomionsa vastustajan pelipaitoihin. Se ei ollut eilisen vastustaja. He pelaisivat tuota joukkuetta vastaan lauantaina.

Ilmari tuijotti epäuskoisena ruutua. Hän katseli miten hänet vietiin pois. Peli jatkui, mutta vain hetken. Selostaja kertoi nuoren jääkiekkolupauksen, Ilmari Virtasen, kuolleen päävammaan. Peli keskeytyi.

Ilmari nukkui huonosti jokaisen yön ennen lauantaita. Hän mietti mitä oli nähnyt. Hän ei uskaltanut puhua asiasta kenellekään. Lopulta Ilmari teki päätöksensä ja ilmoitti sairastuneensa ja jäävänsä pois pelistä.

Koskaan ei tietenkään saada tietää miten pelissä olisi käynyt, mutta Ilmari uskoo yhä tänäkin päivänä näyn pelastaneen hänen henkensä.

1958 Paavi Pius XII julisti Klaara Assisialaisen television suojelupyhymykseksi.

MITÄ TURHIA

Mies laski kynänsä pöydälle ja tuijotti raapustamiaansa ajatuksia. Niitä oli melkoinen lista ja jokaisen mies koki tärkeänä. Mies huokaisi. Ne olivat tärkeitä hänelle, mutta tavoittaisiko viesti ne, jotka hän halusi tavoittaa?

— Georg. Eivätkö ne sano, että kynä on miekkaa terävämpi? mies kysyi. Toinen mies tuhahti jotain, joka sai miehen tuntemaan olonsa vain entistä pahemmaksi. Uskovaiset. Väittivät, että armahduksen ja taivaspaikan saattoi ostaa. Mitä merkitystä oli oikein tekemisellä, jos kyse olikin vain rahasta?

— Pah. Ei niihin kirjoittelut auta, mies murahti ja asteli ovelle. Hän käveli päättäväisin askelin kirkolle ja tuikkasi oven tuleen.

1546 Martti Luther kuoli. Luther jäi historiaan mm. 95 teesillään, joilla haastoi katollisen kirkon opetuksia.

KOIRANI ROI

Kyllä. Kasvoin Susikoira Roi-kirjojen kanssa. Katsoin tv-sarjaakin, mutta kirjat olivat ihan parhaita. Myönnän, olin pikkuisen pihkassa Paavoon, joka esitti Tomia, mutta Roi voitti kyllä kaikki. Äiti ei halunnut meille koiraa. Vannoin ja vakuutin, että aikuisena ottaisin saksanpaimenkoiran ja nimeäisin sen Roiksi. Ja niin Roi tuli luokseni.

Olin aivan järkyttynyt, kun puhelu tuli. Se oli ystäväni Sonjan äiti, joka kertoi Sonjan kuolleen yllättäen viime viikon torstaina. Hän pahoitteli, että soitti vasta nyt. Tiesi minun olleen Sonjalle tärkeä, mutta sukulaisten informoinnissa oli kuulemma ollut tarpeeksi. Niin. Hän ei tiennyt Roista.

En tiedä kummasta olin järkyttyneempi. Siitä, että Sonja oli kuollut vaiko siitä, että tajusin Roin olleen yksin kotona torstaista lähtien. Olin lähtenyt aamulla reissuun, Sonjan oli pitänyt töiden jälkeen hakea Roi heille hoitoon. Olin onneksi jo kotimatkalla. Painoin kaasun pohjaan ja mietin mielessäni mitä sanoisin, jos poliisi pysäyttäisi. Sillä ei ollut väliä. Väliä oli vain Roilla. Ehkä Roi oli alkanut haukkua ja joku naapuri oli soittanut eläinsuojeluun? Ehkä Roi oli viety talteen? Toivoin niin, mutta se tuntui epätodennäköiseltä. Kaipa joku olisi soittanut minulle?

Perjantaiaamuna luokseni piti tulla patteriasentaja. Ehkä hän oli kiinnittänyt huomiota siihen, että koira oli ollut jo vuorokauden yksin? Mietin missä kunnossa asunto mahtoikaan olla siinä vaiheessa ja pelkkä ajatus hävetti minua vähän. Muttei silläkään ollut väliä. Kurkkuani kuristi ajatus siitä, että asennusmies oli käynyt, tai ehkäpä jopa jättänyt käymättä, huomioimatta koiraa ja Roi olisi ollut viisi päivää yksin.

Se on kuollut. Se on kuollut janoon ja nälkään. Ajatuksissani kumosin janoon kuolemisen mahdollisuuden. Tiesin, että Roilla oli äärettömän ällöttävä tapa juoda vessanpöntöstä. Se osasi jopa vetää vessan, jos vesi oli seissyt pitkään. Mietin osaisiko Roi avata kaapin, jossa säilytin koiranruokia. Rukoilin, että osaisi. Koira olisi puolestani saanut hajottaa vaikka koko asunnon, mutta kunhan se vain olisi elossa.

Tulin kotipihaan. Juoksin ovelle. Astuessani kynnyksen yli haju oli viedä voiton huolestani. Asunnossa haisi paitsi ulosteet, jokin vielä pahempi. Oksetti. Vatsaani väänsi. Samassa kuulin haukahduksen ja Roi juoksi minua vastaan häntä heiluen. Se näytti olevan kunnossa.

Tullessani keittiöön näin ruumiin, joka epäilemättä oli mies, joka oli tullut korjaamaan pattereita. Yhtä epäilemättä mies oli nyt kuollut. Sinisen haalarin toinen lahje oli revitty lähes täysin irti ja reidestä ja säärestä oli kaluttu suuria osia pois.

No. Roi oli kunnossa.

<hr>

2002 kirjailija Jorma Kurvinen kuoli. Kurvinen kirjoitti mm. Susikoira Roi -kirjasarjan.

20.2.

VIRHELAUKAUS

Perkele. Hävittiin. En voi tajuta, että me hävittiin. Paitsiomaali. Se oli aivan takuuvarmasti sellainen, eikä se edes yllättänyt. Olin perehtynyt vastustajan pelityyliin huolella. Yksi hyökkääjistä oli erikoistunut paitsiomaaleihin. Kärkkyi niin, että aika ajoin ne onnistuivatkin. Kapteenia minä sen sijaan vähän ihmettelin. Hän kiikutti pallon pilkulle ilman sen suurempia mutinoita. Silloin minä tein lopullisen päätöksen. Ei. Ei tässä ottelussa. Kotikatsomon edessä ei paitsiomaaleja enää tehtäisi. Minulla oli aivan suora linja vastustajaan. Pidin häntä silmällä tarkasti. Näin mitä hän oli tekemässä ja laukaisin matkaan. Olihan siinä huonoa onnea pelissä. Juu. Häviö oli osittain minun vikaani. Vaikka minkäs minä sille mahdoin, että vastustaja vaihtoikin suuntaa yllättäen. Käännähti. Ja minä osuin tuomaria polveen.

Poliisi tuijotti epäiltyä lasin läpi. Työvuoro oli ollut pitkä. Häntä väsytti. Toinen poliisi saapui paikalle vaihtamaan vuoroa.

– Mitäs täällä tänään? hän kysyi ja vilkaisi epäiltyä.

– Tämä ampui tuomaria kesken jalkapallo-ottelun.

Vuoroon tullut poliisi tuhahti.

– Kaikenlaista. Mites matsi päättyi?

– 0-1. Keskeytettiin laukauksen jälkeen.

1971 Jari Litmanen syntyi.

UUSI HARRASTUS

Mies oli jo pidemmän aikaa ajatellut, että voisi aloittaa jonkin uuden harrastuksen. Pistooliammunta kuulosti mielenkiintoiselta ja mies olikin jo selvitellyt miten harrastuksessa pääsisi alkuun. Lyhyen matkan päästä näytti löytyvän ampumaseurakin. Mies soitti sinne.

- Riihimäkeläisten ampumaseura, vastasi ääni puhelimessa.

- No Virtasen Pekko tässä hei, mies esitteli itsensä ja selitti asiansa.

- Jos vaikka tulisit käymään täällä meillä. Käydään tilat läpi ja täytellään paperit. Sillähän sitä alkuun pääsee, ääni selitti ja he sopivat tapaamisesta seuraavana päivänä.

Hivenen jännittyneenä mies meni paikalle. Jännitys kuitenkin helpotti lyhyen tutustumiskierroksen aikana ja mies tunsi innostuksen ja odotuksen voittavan. Hän paloi halusta päästä käsittelemään asetta.

- Täytät tuosta vain nuo lomakkeet, opastajana toiminut nainen sanoi ja ojensi miehelle pari paperia ja kynän. Mies kirjoitti.

Nimi: Pekko Virtanen
Syntymäaika: 25.12.1966
Asuinpaikka: Riihimä...

Kuului laukaus. Sana jäi kesken. Mies kaatui kuolleena maahan.

1999 Sanna Sillanpää surmasi kolme miestä ja haavoitti vakavasti yhtä ampumavälikohtauksessa Helsingin Albertinkadun ampumakerhossa.

UKKI KERTOI VITSIN

Tiesithän, että on paljon sellaista mitä aikuiset eivät näe? Timo ainakin tiesi ja se kismitti häntä juuri tällä hetkellä suunnattoman paljon. Timon ukki oli kuollut pari viikkoa sitten.

Timo kaipasi ukkia ja tämän vitsejä. Hän ei ollut koskaan tavannut ketään niin hauskaa tyyppiä ja epäili, ettei sellaisia ollut enää olemassakaan. Ukki hassutteli aina, laski leikkiä ja osaisi kertoa niin käsittämättömät määrät vitsejä, ettei niihin kyllästynyt koskaan. No tietysti, tämä kaikki oli niin ukin tapaista. Oli vain aivan tolkuttoman kurjaa, ettei kukaan muu Timon lisäksi nähnyt sitä.

Hautajaiset olivat sujuneet aivan kaikessa tavallisuudessaan siihen asti, kunnes pappi oli ripotellut arkun kannelle hiekkaa. Siinä samassa ukin haamu oli pompannut istumaan arkussa niin, että yläruumis törrötti kannen läpi. Kyllä Timokin oli sitä alkuunsa pelästynyt vähäsen, mutta kun ukki oli puistellut päätään, pöllyttänyt hiekkaa hivenen ja tokaissut kovaan ääneen:

– Ei täällä nyt niin liukkaat kelit ole, että hiekoittamaan tarvitsisi ruveta, ja nauraa hekottanut päälle, oli Timokin räjähtänyt nauramaan.

Ja siitähän ei sitten pitänyt kukaan. Nauraa nyt tuolla tavalla kesken hautajaisten. Ketään ei kiinnostanut, vaikka Timo yritti parhaansa mukaan sanoa, että ukki sanoi aina, että nauru pidentää ikää.

1797 paroni Karl Friedrich Hieronymus von Münchhausen kuoli.

USKOTHAN?

Teea oli ensimmäistä kertaa menossa lapsenvahdiksi ystävänsä luo. Teealla ei ollut juurikaan kokemusta lapsista, mutta perheen viisivuotias tyttö oli vaikuttanut aina helpolta ja mukavalta. Teea oli parin korttelin päässä ystävänsä kotoa, kun puhelin soi.

- Meidän on pakko lähteä jo. Moona katsoo piirrettyjä. Oletko kohta täällä? ystävä lateli puhelimessa. Teea sanoi pitävänsä kiirettä. Olisi ihan pian siellä jo. Kehotti ystävää pitämään hauskaa ja kielsi huolehtimasta turhia.

Teea ei ehtinyt edes saada takkia yltään, kun tyttö käänsi päänsä tv-ruudusta ja kysyi:

- Uskothan minua?

- Tietysti, Teea vakuutti.

- Uskothan, etten tappanut heitä?

Teea meni hiljaiseksi. Hän ei tiennyt mitä sanoa. Teealla meni hetki kauhistellessa asiaa, mutta sitten hänen onnistui vakuuttaa itselleen, että kyseessä täytyi olla jokin juttu, jonka tyttö oli kuullut tv:ssä. Teea mietti pitäisikö hänen ottaa asia puheeksi ystävänsä kanssa.

Ilta meni leppoisasti ja Teea oli jo melkein unohtanut asian peitellessään tyttöä sänkyyn. Tällöin tyttö kuitenkin toisti kysymyksensä:

- Uskothan, etten tappanut heitä?

Teea kylmäsi, ja hän yritti sivuttaa asian.

- Kyllä minä uskon. Yritä nyt vain nukkua, Teea sanoi ja sammutti valon poistuessaan huoneesta.

Aika kului, eikä ystävää kuulunut kotiin. Teea odotti ja odotti. Lopulta hän huokaisi syvään ja yritti soittaa ystävän puhelimeen. Jossain päin taloa puhelin pärähti soimaan. Teealla meni hetki ennen kuin hän ymmärsi äänen kuuluvan talon kellariin vievän oven takaa.

2010 YK raportoi, että 2/3 maailman ihmisistä on kännykkäliittymä.

LUOVUTAN

Se oli aivan tavallinen aamu. Mies seisoi kylpyhuoneessa ajamassa partaansa. Yhtäkkiä hän huomasi takanaan seisovan jonkun, joka osoitti miestä aseella. Mies kääntyi ja huomasi olevansa yksin.

Sydän jyskytti yhä miehen keittäessä aamukahviaan. Hän onnistui jotenkin uskottelemaan itselleen, että oli kuvitellut kaiken, mutta sitten hän näki ikkunasta heijastuksen. Siinä, hänen takanaan, seisoi nainen, joka osoitti miestä aseella. Mies näki kuinka nainen viritti aseen. Mies kääntyi ja jälleen näky oli poissa.

Sama jatkui. Mies näki vähän väliä jonkun vilahtavan oviaukossa tai heijastuksena milloin mistäkin. Hän puhui asiasta ystävilleen ja lopulta ystävien kehotuksesta lääkärille. Kaikki olivat yksimielisiä – toiset vain korrektimpia kuin toiset. Toiset sanoivat miehen olevan ylirasittunut, toiset, että hän kärsi harhoista, kolmannet katsoivat pitkään ja totesivat miehen tulleen hulluksi.

Mies ei enää jaksanut välittää. Ei ollut enää oikeastaan mitään merkitystä sillä mitä muut ajattelivat. Näyt vaivasivat häntä öin ja päivin ja hän oli valmis tekemään ihan mitä vain päästäkseen niistä eroon. Lopulta mies astui kylpyhuoneen peilin eteen. Hän tuijotti peiliä ja samassa tuttu nainen ilmestyi miehen taa, osoitti tätä aseella ja veti iskurin taakse.

– No. Ammu nyt sitten, mies huokaisi.

Viimeinen asia, jonka hän kuuli, oli laukaus.

1836 Samuel Colt patentoi revolverin Yhdysvalloissa.

25.2.

EN PÄÄSE ULOS

Mies oli muuttanut juuri uuteen taloon. Hän oli väsynyt muuttopuuhista ja nukahti heti. Aamulla miehen huomio kiinnittyi makuuhuoneen oveen. Hänellä oli aina tapana sulkea ovi iltaisin, mutta nyt se retkotti auki. Mies tuhahti. Kaipa hän oli ollut illalla niin väsynyt, että ovi oli unohtunut.

Seuraavana aamuna ovi oli taas auki. Kai hän oli sulkenut sen liian huonosti. Kolmantena iltana mies vielä varmisti, että ovi oli kunnolla kiinni, mutta se ei auttanut. Aamulla ovi oli taas auki.

Neljäntenä aamuna makuuhuoneen oven lisäksi ulko-ovi retkotti auki. Mies kirosi mielessään ja ihmetteli mitä talossa oikein tapahtui, ja asensi kumpaankin oveen salvan. Silti tilanne oli seuraavana aamuna sama. Mies kirosi jälleen ja soitti lukkosepälle ja tilasi oviin uusinta tekniikkaa olevat lukot.

Kuudentena aamuna mies avasi silmänsä ja myhäili tyytyväisyyttään. Makuuhuoneen ovi oli kiinni. Mies nousi istumaan sängyn reunalle ja huomasi kummallisen olennon, joka tuijotti häntä vähän matkan päässä. Se oli iholtaan levän vihreä, sillä oli luisevan laiha vartalo ja suuret tummat silmät.

- Minä yritin olla kiltti, hahmo sanoi. - Minä yritin olla kiltti ja mennä muualle metsästämään öisin. Tänä yönä en päässyt ja nyt minulla on kiljuva nälkä. Sinä näytät makoisalta.

1994 Ilpo Larha, joka istui tuomiota palkkamurhasta, pakeni vankilasta ja kuoli pakomatkallaan poliisin ampumiin luoteihin.

KOKO ELÄMÄ

Santeri oli äänestetty vuoden some-ilmiöksi. Hän järjesti facebookissa kiinnostavimmat tempaukset, julkaisi elämäänsä instagramissa, jauhoi päivän kuumista kysymyksistä videoblogissaan ja oli kaikkien kiinnostuneiden saatavilla koko ajan. Hän vastaili viesteihin mesessä, askissa ja whatsappissa.

Eräänä iltana Santeri oli kuitenkin harvinaisen väsynyt. Hän tunsi tarvitsevansa somehuomiota, mutta samalla se kaikki ärsytti häntä. Kaikesta oli tullut julkista. Hän en tuntenut olevansa missään enää Santtu vaan. Ei itsekseen. Ei omana itsenään. Santeri paiskasi läppärin kannen kiinni ja totesi, että olkoon kaikki. Hän meni sänkyyn ja veti peiton korville.

Aamulla kaikki tuntui jo paremmalta. Santeri suorastaan janosi kuumimpia keskusteluja facebook-ryhmissä ja nettipalstojen jauhantaa. Santeri avasi tietokoneensa, mutta... ruutu näytti vain harmaata. Selitys putkahti mieleen saman tien. Akku oli tietysti loppu. Hän ei ollut kiukkuspäissään muistanut laittaa konetta lataukseen. Santeri nousi sängystä ja käveli alakertaan.

Portaissa hän yritti päästä nettiin puhelimella, mutta ruudun yläreunassa luki "ei verkkoa". Santeria harmitti jo hivenen. Se oli kuin pahanlainen energiajuomanpuutos. Somehammasta kolotti. Santeri pisti kahvinkeittimen päälle. Samalla hän avasi television, mutta sieltäkin tuli vain lumisadetta.

Pikkuhiljaa epäilys hiipi Santerin mieleen. Tunne siitä, että kaikki ei ollut niin kuin piti. Santeri veti verhot ikkunasta ja katseli ulos. Ketään ei näkynyt missään. Suoraan sanottuna Santerin oli myönnettävä, ettei hän oikeastaan tiennyt oliko se tavallista vai poikkeavaa. Hän ei juurikaan katsellut ulos. Pelko kuitenkin kasvoi yhä vahvemmaksi ja Santeri tunsi, että hänen oli pakko lähteä ulos. Hän veti kengät jalkaansa ja juoksi pihalle. Ketään ei näkynyt missään. Hän hölkkäsi lähikoululle varmana, että piha kuhisisi lapsia, mutta keinut heiluivat hiljaa tuulessa muuten autiolla pihalla.

Santeri juoksi kaupalle, joka oli ympäri vuorokauden auki. Koko matkan hän hoki itselleen, että siellä olisi ainakin oltava jonkun. Tässä maailmassa oli vielä oltava jonkun muunkin.

Ei ollut.

1991 Tim Berners-Lee esitteli ensimmäisen www-selaimen.

ÄLÄ MENE

Mies oli lähdössä valtuuston kokoukseen. Hän oli aina ollut tunnollinen ja tarkka työssään. Ehkä vähän sellainen, jota pahasuiset sanoivat turhan tärkeäksikin. Hän teki aina tehtävät, jotka tulivat eteen ja osallistui kaikkeen mihin vain voi.

- Älä mene. Ilmoita, että olet sairas, miehen vaimo pyysi, kun mies oli lähdössä.

- Mitä sinä nyt? Ainahan minä osallistun, mies sanoi luullen, että vaimo vain vitsaili.

- Älä mene. Minulla on jotenkin sellainen huono aavistus, vaimo sanoi.

- No äläs nyt. Enhän minä nyt sinun aavistuksen vuoksi voi pois jäädä, mies sanoi nauraen.

- Minä tiedän, ettei sinun kuulu olla tänään siellä, vaimo sanoi jämäkästi.

- Ihan tosi. Tämä ei nyt ole hauskaa. Nehän päättävät siellä ihan mitä sattuu, jos minä en ole paikalla, mies sanoi ja kiskoi takkia päällensä. Nainen katsoi tuimasti miestään, asettui tämän ja ulko-oven väliin ja totesi:

- Jos lähdet, minä otan sinusta eron.

Niin ponteva oli vaimon uhkaus, ettei mies uskaltanut muuta kuin totella. Hän oli kuitenkin niin näreissään, ettei puhunut vaimolleen koko iltana ja nukkuikin vierashuoneessa. Aamulla mies oli jo leppynyt, mutta halusi tehdä vaimolleen selväksi, että tämä tällainen ei saisi toistua enää koskaan. Hän asteli olohuoneeseen, jossa vaimo istui neulomassa villasukkaa. Radiossa pyöri juuri uutislähetys, jossa naisääni selitti miten valtuustosalissa oli syttynyt yllättävä tulipalo, joka oli lehahtanut ilmiliekkeihin niin, ettei kukaan valtuuston kokoukseen osallistunut ollut päässyt pakoon. Mies katsoi vaimoaan, vaimo hymyili miehelleen.

- Mitä minä sanoin, nainen tuumi ja jatkoi neulomista.

1933 Berliinin valtiopäivätalo Reichstag paloi. Adolf Hitler syytti teosta kommunisteja.

KAUPANTEKOA

Vanhalle kalastajalle oli sattunut kerrassaan kummallinen juttu. Hän kuvitteli tuntevansa kalastusalueensa kuin omat taskunsa ja nähneensä jo kaiken, mutta tällaista ei koskaan. Vanha mies oli jokseenkin varma, että kuvitteli koko asian, mutta koskaan ei voinut olla tarpeeksi varma leikkiäkseen vakavilla asioilla. Siinä se kuitenkin oli, kivellä miehen veneen vieressä ja tivasi palkkiota hyvistä saaliista, jotka oli miehelle vuosikymmenien aikana suonut.

Nainen, jolla oli levän vihreät pitkät hiukset ja upea, kiiltelevä kalan pyrstö, hieroi käsiään, tuijotti miestä ja tivasi:

- Kuvittelitko sen kaiken olevan vain onnea?

Mies ei oikein osannut vastata. Kyllä hän tiesi, että oli nostanut alueelta enemmän kalaa kuin kukaan muu näinä aikoina, mutta tällainen ei ollut tullut hänelle mieleenkään.

- Mitä sinä haluat minulta? Rahaako? mies kysyi.

- Mitä minä rahalla? Näytänkö siltä, että olen menossa ostamaan itselleni uuden mekon? vedenneito kivahti ja puhalsi kämmeniinsä.

- Entä kellon? Minulla on tällainen hieno. Sain sen juuri 70-vuotislahjaksi, mies paljasti ranteensa.

- Veden alla ei ajalla ole merkitystä, vedenneito kivahti ja puhalsi ilmaan saaden aikaan kovan tuulen, joka heilutti miehen venettä.

- No mitä sitten? Haluatko kalaa? Osaan tehdä herkullista kalakeittoa, mies tarjosi. Vedenneito näytti jo hurjistuneelta.

- Kalaa ja vettä, niitä minulla on yllin kyllin, neito

pauhasi ja hieroi taas käsiään yhteen.

Mies tuumaili ja pohti. Hän ei keksinyt enää mitään mitä voisi neidolle tarjota. Neito taas vaikutti hetki hetkeltä vihaisemmalta ja nostatti jo niin suuria aaltoja, että mies oli huolissaan veneestään. Mies puristi vaimon neulomia paksuja lapasia käsissään ja mietti miten ihmeessä selviäisi tästä.

- Ei minulla ole muuta! mies huusi ja epätoivoissaan paiskasi lapasensa kohti vedenneitoa.

- Kiitos, neito sanoi ja sukelsi mereen tyynnyttäen samalla aallot.

Kalevalan päivä.

TAHDOTKO?

Kasperilla oli salaisuus. Varsin synkkä salaisuus, jota hän oli onnistunut varjelemaan paljon pidempään kuin olisi ikinä uskonut. Ensimmäinen tapaus oli vahinko, mutta jotenkin se oli sitten vain jäänyt päälle. Tai niin Kasper ainakin väitti.

Kasper oli vasta 18-vuotias ja syvästi rakastunut. Hän päätti tehdä mitä miehen hänen mielestään piti tehdä ja kosia tyttöä. Ja tyttöhän vastasi myöntävästi. Kuitenkin kohtalo päätti toisin. Kaksi viikkoa ennen häitä Kasper ajoi yöllä kotiin. Autoillessaan hän näpräsi totuttuun tapaan puhelintaan ja… Yhtäkkiä pimeässä auton edessä oli joku. Kasper tosin tajusi sen kunnolla vasta ajettuaan yli. Se oli Reetta, Kasperin kihlattu, joka oli päättänyt tulla tätä vastaan.

Reetta oli kuollut jo, kun Kasper pääsi tämän luokse. Kasper piilotti ruumiin ja lupasi ja vannoi kaikille tuntemilleen henkiolennoille, että jos hän ei jäisi teostaan kiinni, hän olisi valmis ihan mihin vain. Oliko sitten henkien tekosia vai oliko Kasper ajautunut tapauksen johdosta jotenkin pois raiteiltaan, mutta kuolema korjasi pois kaikki muutkin miehen suuret rakkaudet. Kaava toistui samanlaisena uudelleen ja uudelleen. Kasper rakastui. Kosi. Tyttö kuoli, eikä ruumista löydetty koskaan.

Eräänä päivänä Kasper oli lähdössä kamalalla kiireellä töihin. Hän käynnisti auton ja peruutti pihasta tielle. Hän oli juuri kurkottamassa CD-levyä hansikaslokerosta, kun hän tajusi matkustajan paikalla istuvan jonkun. Hahmon tukka oli sekaisin, iho kelmeä ja irvistys oli harvahampainen, mutta Kasper tunnisti sen silti. Se oli Reetta.

- Kultaseni, haluaisitko mennä kanssani naimisiin? hahmo kysyi. Kasper teki äkkijarrutuksen, mutta auton pysähtyessä nainen oli jo poissa.

Päästessään työpaikalle Kasper oli jo rauhoittunut. Hän nousi hissillä kuudenteen kerrokseen ja harppoi huoneeseensa. Ovella hän pysähtyi. Pöydän takana istui harmaa hahmo, joka etäisesti muistutti Sonjaa, kuollutta vaimoehdokasta numero kaksi.

- Voi Kasper. Tahtoisitko, nainen kysyi ja Kasper paiskasi oven kiinni. Mies harppoi takaisin hissille, mutta valitsi sittenkin portaat. Toimistorakennuksen ala-aulassa Kasper kuitenkin törmäsi Annaan. Valkeaa hohtavaan hahmoon, joka polvillaan ojensi miehelle sormusta. Kauhuissaan Kasper ryntäsi ulos ovesta parkkipaikalle.

Kasper oli astumassa autoon, mutta sitten Reetan hampaaton irvistys tuli hänen mieleensä ja Kasper päätti, että oli hyvä päivä kävellä. Ehkäpä raitis ilma selvittäisi ajatuksia ja lopettaisi tämän hulluuden. Kasper pohti kuumeisesti kenelle voisi puhua tilanteesta. Miten hän selittäisi vaikkapa psykiatrille, että tunsi sekoavansa, paljastamatta mitä asiassa oli taustalla?

Yhtä nopeasti kuin näyt olivat alkaneet, ne näyttivät myös katoavan. Viimeiset kaksi kilometriä Kasper käveli jo oikeastaan ihan hyväntuulisena. Hän oli jo melkein valmis uskottelemaan itselleen, että kaikki olikin ollut vain unta, joka tuntui hyvin todelliselta. Kohta hän heräisi sängyssään ja nauraisi uskomattomalle tuurilleen. Kukaan ei saisi häntä kiinni koskaan. Mutta oli miten oli, Kasper pitäisi huomenna vapaapäivän töistä.

Kasper tuli kotiin. Hän avasi ulko-oven ja ehti huokaista helpotuksesta. Hän oli kotona. Kaikki oli hyvin. Tai eipäs ollutkaan. Sieltä täältä ilmestyi Kasperin ympärille tuttuja hahmoja. Samassa olohuoneen sohvan takaa pomppasi esille viisi valkoista valoa hohtavaa kelmeäihoista naista, jotka pitelivät kylttiä: "Mennäänkö naimisiin?"

Karkauspäivänä naisella on perinteiden mukaan lupa kosia.

TUOLLA SE ON

Kaksi miestä olivat tulleet hautausmaalle pahoissa aikeissa. Heillä oli suunnitelmissa varastaa kuuluisan taiteilijan ruumis ja vaatia siitä kovia lunnaita. Yön pimeydessä he hiipivät hautojen väleissä ja tiirailivat sinne tänne. Silti pieni mies pääsi yllättämään heidät.

- Minä tiedän mitä te etsitte, mies sanoi. Varkaisiin tulleet miehet hätkähtivät ja tuijottivat pikkumiestä, joka istui knalli päässä eräällä hautakivellä.

- Voin näyttää teille missä se on, mies sanoi, hyppäsi hautakiveltä ja lähti kävelemään hassusti jalkaterät ulospäin sojottaen eteenpäin. Varkaat tuijottivat toisiaan hetken epäluuloisesti. Tilanne oli kieltämättä hyvin kummallinen, mutta toisaalta. Apu ei ollut pahitteeksi.

Pienellä miehellä oli yllään kulunut, hivenen liian pienikokoinen takki ja kengät, jotka näyttivät valtavilta. Mies vilkaisi varkaiden suuntaan ja näiden huomio kiinnittyi erikoisiin tummiin viiksiin.

- Tässä, tässä se on, mies sanoi ja osoitti hautaa. Ja totisesti, oikea se olikin. Varkaat eivät sanoneet mitään, ryhtyivät vain kaivamaan miehen jäädessä seuraamaan sivusta.

- Rankkaa työtä, hyvin rankkaa työtä. Minä olen aina ollut työläisten puolella. Nykyaikana on hyvä, kun on joku, joka on heikomman puolella, pieni mies tuumaili. Varkaat eivät keksineet sanottavaa.

Aikaa kului. Hauta alkoi olla auki.

- Minun lempielokuvani on Kultakuume, oletteko te nähneet sen? mies kysyi varkailta. Varkaat loivat taas katseen mieheen, mutta eivät sanoneet mitään.

- Se kertoo tärkeästä aiheesta. Se kertoo meille, ettei pitäisi olla niin ahne, mies sanoi ja räjähti nauramaan. Nauru oli jotenkin kylmää ja kolkkoa ja tyhjällä hautausmaalla se tuntui kaikuvan kaikkialta.

- Anteeksi nyt vain kaverit, mutta tuo on minun paikkani. Teille on omanne, mies sanoi ja katosi.

Aamulla hautausmaan hoitaja hieraisi silmiään kerran ja toisenkin. Jo pari kuukautta sitten haudatun taiteilijan haudalle oli ilmestynyt paksu kerros betonia ja haudan vierellä seisoi kaksi puista ristiä, joihin oli kaiverrettu yksinkertaisuudessaan "VARAS1" ja "VARAS2".

1978 Charles Chaplinin arkku ja ruumis varastettiin haudasta.

ELÄINTARHAN UUSI VETONAULA

Mies oli tullut viettämään päivää eläintarhaan. Hän haaveksi saavansa komean kuvan eläintarhan harvinaisesta amurinleopardista. Hän saapui häkille ja huomasi harmikseen, että leopardi köllötteli varjossa häkin kauimmaisessa nurkassa.

Mies tuijotti leopardia ja harmitteli hukkareissuaan. Vaan silloin hän huomasi häkkien välissä olevan kapean käytävän, joka oli suljettu portilla. Portilla oli kyltti: "Vain henkilökunta". Mies vilkuili ympärilleen. Ketään ei näkynyt missään. "Ei se voi haitata ketään", mies ajatteli ja pujati käytävään. Käytävä oli hämärä ja mies näki vain juuri ja juuri eteensä. Hän käveli tovin ja tuli kohtaan, jossa käytävä haarautui kahteen suuntaan. Leopardi oli vasemmanpuoleisessa häkissä, joten mies kääntyi vasemmalle. Hän käveli aikansa, mutta ei nähnyt häkkiä ja yllättäen käytävä päättyi umpikujaan.

Mies harmitteli hetken ja kääntyi sitten takaisin. Hän tuli risteykseen ja oli varma, että osasi kääntyä oikeaan suuntaan. Näin ei kuitenkaan ilmeisesti ollut, koska pian mies tuli uuteen risteykseen. Mies mietti saattoiko hän ensimmäisen kerran kulkea tuon risteyksen ohi huomaamatta. Se ei tuntunut todennäköiseltä, mutta hämärässä käytävässä mies toivoi olevansa oikeassa. Hän kääntyi oikealle uskoen, että juuri sieltä hän olisi voinut tulla.

Käytävä jatkui ja jatkui. Mies alkoi käydä epätoivoiseksi. Eksyminen tuntui jo enemmän kuin mahdolliselta. Mies ei enää pelännyt tulevansa yllätetyksi. Hän toivoi sitä. Juuri, kun epätoivo alkoi kasvaa liian suureksi, mies näki edessään valoa. Käytävä päättyi! Mies otti muutaman juoksuaskeleen ja astui valoon. Meni hetki ennen kuin silmä tottui valoon. Meni toinen, ennen kuin mies tajusi missä oli. Hän oli huoneessa. Tai ainakin se näytti kovin jonkun olohuoneelta. Seinät olivat kuitenkin lasia ja lasin takana näkyi outoja sinisiä ja vihreitä olentoja, jotka osoittelivat miestä, hihkuivat riemusta ja räpsivät valokuvia. Pienikokoinen olio oli painanut nenänsä littuun lasia vasten.

1972 Pioneer 10 -avaruusluotain laukaistiin Cape Canaveralista, Floridasta tehtävänään tutkia ulkoplaneettoja.

UUDET YSTÄVÄT

Siniä oli varoiteltu aina. Vieraiden mukaan ei saanut lähteä, eikä keneltäkään tuntemattomalta saanut ottaa mitään. Viime aikoina alueella oli kuulemma liikkunut joku, joka houkutteli lapsia autoonsa ja koulustakin oli annettu kehotus, ettei kukaan saisi liikkua ilman kaveria.

Sini asui vähän erillään muista ja joutui siksi usein palaamaan koulusta yksin. Siniä asia ei suuremmin huolettanut, mutta hän ei maininnut siitä kenellekään, kun puhuttiin, että oli turvallisinta kulkea yhdessä. Eräänä päivänä Sinin kaveriksi ilmestyi kaksi vierasta tyttöä, jotka saattelivat Sinin kotiovelle. Tämä toistui uudelleen ja uudelleen, mutta Sini ei nähnyt tyttöjä missään muualla. He juttelivat kaikenlaista, mutta kun Sini uteli missä tytöt asuivat, he vaihtoivat aihetta. Kerran Sini meni kotiinsa ja pujahti saman tien takaisin ulos aikomuksenaan seurata tyttöjä, mutta nämä olivatkin kadonneet.

Kului viikkoja. Sini kutsui tyttöjä kotiinsa, mutta nämä eivät tulleet. Sini yritti kysellä tytöiltä syytä salaperäisyyteen, mutta turhaan. Lopulta Sini hermostui. Hän kertoi mummolleen miten harmillista oli, että hän oli löytänyt kaksi niin mukavaa kaveria, mutta tytöt eivät ilmeisesti pitäneet hänestä, kun eivät koskaan tulleet kylään. Mummo kuunteli tarkkaan. Hän kyseli tyttöjen ulkonäöstä. Mummo vaikutti ymmärtävän jotain, jota ei suostunut kertomaan. Sitten mummo teki jotain outoa. Hän käveli takan luo, sytytti kynttilän ja kuiskasi hiljaa:

- Ette voi suojella kaikkia. Hänet on saatava kiinni.

Seuraavana päivänä Sinin koulureitiltä otettiin kiinni mies, jonka pakettiauton takatilassa oli köyttä, ilmastointiteippiä ja kuvia lapsista – myös Sinistä.

PELASTAJA

Vanha mies oli asunut koko kesän mökillään saaressa. Kesä oli vaihtunut hiljalleen syksyksi ja ilmojen ja veden kylmettyä mies tuumasi, että oli aika lähteä kotiin kaupunkiin. Rannassa pakatessaan vähiä tavaroitaan veneeseen, hän huomasi pohjassa pienen reijän. Mies kirosi hetken, mutta tuumasi sitten, että noh, jokainen vene vuotaa jonkin verran. Kyse oli vain siitä kuinka saisi poistettua vettä tarpeeksi. Mies rauhoitteli itseään. Hän uskoi selviävänsä rannikolle asti ja sitten olisikin koko talvi aikaa huoltaa venettä.

Mies lähti matkaan, mutta noin puolivälissä reittiä moottori alkoi pitää kummallista ääntä ja matkanteko hidastui. Mies alkoi olla hivenen huolissaan. Ja sitten moottori aivan yllättäen sammui. Mies kirosi hiljaa mielessään ja yritti käynnistää moottorin uudelleen, siinä onnisumatta. Mies kaivoi taskustaan puhelimen ja soitti hätänumeroon. He lupasivat lähettää apua ja mies vakuutti taas itselleen, ettei tässä olisi mitään todellista hätää.

Avun tulo kesti ja kesti. Mies yritti lappaa veneeseen virtaavaa vettä reunan yli, mutta sitä tuli koko ajan lisää ja lisää. Mies tunsi varpaidensa jo hivenen kastuvan ja pelko alkoi vallata mielen. Kun mies oli jo melkein menettänyt toivonsa, hän huomasi veneen, joka tuli suoraan kohti. Mies huiskutti käsillään ja helpotuksen kyyneleet nousivat hänen silmiinsä. Mitä lähemmäs vene tuli, sitä selvemmäksi kävi, ettei kyseessä ollut rannikkovartioston tai poliisin vene. Se oli joku, joka oli vain sattunut paikalle. Mutta eihän tuolla tietenkään ollut miehelle mitään merkitystä. Pääasia, että joku tuli.

Vieras vene lipui miehen veneen vierelle ja tummiin pukeutunut mies, jonka silmät olivat jotenkin kummallisen kiiluvat, vaikka olivatkin lähes mustat, tuijotti arvioivasti koko ajan vedellä täyttyvää venettä ja miestä.

- Onko sinulla ongelmia? mies kysyi vähän ivallisella äänellä.

- On. Moottori ei toimi. Soitin kyllä apua, mutta ketään ei näy. Vene täyttyy koko ajan vedellä, mies selitti.

- Siinä taitaa sitten olla jokin vähän pahempikin vika. Ja reikä, tummasilmäinen mies sanoi.

- Juu. Minä huomasin sen kyllä rannassa. Ajattelin, että selviäisin rannikolle ja saisin sen korjattua, mies sanoi.

- Mitäs annat minulle, jos vien veneesi rantaan?

- Ihan mitä vain, vanha mies huokaisi.

Seuraavana aamuna miehen kotikaupungin laiturista löytyi vene, mutta miestä ei löytynyt koskaan.

<hr>

1921 Carrol A. Deering upotetaan meriliikenteelle vaarallisena. Laiva oli löydetty 3.1.1921 ajelehtimasta tyhjänä. Laiva oli kadonnut matkallaan Norfolkista Rio de Janeiroon 19.8.-8.9.1920.

5.3.

MONTA ASKELTA

Mies kävelee ja laskee askelia. Yksi-kaksi-kolme. Kaksitoista. Hän tulee seinän luo, kääntyy ja jatkaa kävelemistä. Hän laskee askelia, koska niin hän on tehnyt aina. Tässä kopissa on vain kovin vähän laskettavaa. Hän on ollut vankilassa seitsemän vuotta. Syyttömänä. Joku sanoo, että kaikkihan he ovat mielestään syyttömiä, mutta mies on sitä oikeasti. Hänet tuomittiin puukotuksesta, mutta ei hän sitä tehnyt.

Askelten lomassa mies miettii ihmisiä, joiden vuoksi hän joutui tänne. Tuomaria, joka oli selvästi puolueellinen. Juttua tutkinutta poliisia, jonka täytyi mokata jossain ja peitellä sitä. Asianajajaa, joka petti hänet. Silminnäkijää, jonka täytyi valehdella. Viha oli kasvanut seitsemässä vuodessa mittasuhteisiin, jollaisia mies ei voinut aikaisemmin edes kuvitella.

Yllättäen ovi aukeaa. Mies pysähtyy. Laskeminen ja ajatukset menevät sekaisin. Eihän vielä ole ulkoiluaika. Vartija kurkistaa ovesta ja hymyilee leveästi.

- Hyviä uutisia. Joku tunnusti tapon. Sä oot mies syytön. Tässä menee nyt aikaa, mutta voisit vähän katsella kamoja kasaan. Sä pääset pois, vartija selittää yhtä menoa aivan kuin pelkäisi miehen keskeyttävän. Mies ei sano mitään. Hän kerää vähät tavaransa pinoon ja istuu sängynreunalle odottamaan. Mistään ei voi päätellä millaisia uutisia hän on juuri saanut.

Vankilan portti kalahtaa kiinni miehen selän takana. Hän on vapaa. Mies katsoo tietä edessään ja lähtee liikkeelle. Hän laskee askelia mielessään: "Yksi. Tuomarin voisin hirttää. Kaksi. Täydellisen kotitalonsa pihapuuhun. Kolme. Poliisin yli voisi ajaa autolla. Neljä. Pitää valita joku oikein sopiva auto. Viisi. Asianajaja ansaitsee jotain hyvin erityistä. Viisi. Hän oli kuitenkin minun asianajajani".

1963 Pirkko Ryhäsen puukotus - Torsti Ossian Koskinen tuomittiin teosta kahdeksitoista vuodeksi kuritushuoneeseen - ja todettiin syyttömäksi seitsemän vuoden jälkeen toisen miehen tunnustettua teko. Lopulta tunnustus osoittautui kuitenkin valheelliseksi eikä todellista murhaajaa saatu selville.

6.3.

LÄÄKE JOKAISEEN VAIVAAN

Mies tunsi itsensä tolkuttoman vanhaksi. Ei hän vielä mikään ikäloppu ollut, mutta vuodet olivat tuoneet mukanaan erilaisia kolotuksia ja vaivoja. Päätä särki, selkä oli kipeä ja munuaisetkin oikuttelivat niin, että lääkäri vaati juoksemaan verikokeissa vähän väliä.

Eräänä päivänä mies kulki erään liikkeen näyteikkunan ohi. Hän ei ollut huomannut liikettä aikaisemmin ja ikkunan hämyisyys ja siinä olevat erikoiset tavarat kiinnittivät miehen huomion. Mies pysähtyi ja jäi ihastelemaan erikoisia kiviä, unensieppaajia ja paksuja sormuksia. Sitten hän huomasi sen. Pienen purkin, jonka alapuolelle oli kirjoitettu lappu: "Lääke jokaiseen vaivaan". Mies tuhahti ja käveli jo liikkeen ohi, mutta tuli toisiin ajatuksiin.

- Ei se ota, jos se ei annakaan, hän höpisi itsekseen ja asteli liikkeeseen. Ei mennyt kuin hetki ja mies käveli ulos mukanaan pikkuinen pussi, jossa lääkkeet olivat. Mies oli kyllä aivan varma, että tämä oli silkkaa humpuukia. Myyjäkään ei näyttänyt erityisen hyvinvoivalta. Enemmänkin hänestä tuli mieleen joku vanha noita-akka. Oli vaikea uskoa, että sellaisella olisi apu kaikkiin vaivoihin, joita ihmiselle saattoi iskeä.

Tuli ilta ja miehen päätä kolotti vietävästi.

- No tulipahan ainakin tilaisuus kokeilla sitä pilleriä, mies naurahti ja könysi keittiöön ottamaan lääkkeen ja vettä. Hän naureskeli lukiessaan purkin etikettiä. "Tämä lääke tekee sinusta täydellisen", siinä luvattiin. Sitten mies suuntasi suoraan sänkyyn. Painaessaan päänsä tyynyyn, mies mietti, että mahtoiko lääke toimia todellakin – ja näin nopeasti vielä. Hänestä todellakin tuntui paremmalta pään koskettaessa tyynyyn. Uni tuli saman tien.

Aamulla mies heräsi virkeänä. Suoraan sanottuna hän ei muistanut nukkuneensa näin hyvin pitkiin pitkiin aikoihin. Päänsärky oli poissa ja miehellä kävi mielessä, että johtuiko kaikki lääkkeestä vaiko vain sattumasta. Hän nousi sängystä ja kirosi mielessään. Selkä tuntui jotenkin kummallisen jäykältä, mutta noh, liikaahan se olisi ollutkin, jos kaikki olisi tullut kuntoon kerralla. Mies käveli vessaan ja kirkui. Peilistä häntä tuijotti vanha ja kurttuinen mies, jolla oli suuri ja kyömyinen nenä. Hiuksetkin sojottivat pörrössä kuin mikäkin pehko ja iho oli harmaa. Mies ei voinut sille mitään, mutta näky muistutti täydellisesti noitaa.

1899 Aspiriini patentoidaan.

7.3.

KUKA SOITTAA?

Mies oli keksijä. Hän hääräili työpajassaan aina yö-myöhään. Eräänä iltana vaimo oli juuri menossa toivottamaan miehelleen hyvää yötä, kun työpajalta kuului riemukas huuto: Heureka!

- No mitäs mitäs. Mitäs sinä nyt olet keksinyt? vaimo kysyi astuessaan huoneeseen.

- Katso. Se toimii viimein. Tämä on telefooni. Kun tähän puhuu äänen voi kuulla ihan muualla, mies selitti vaimolleen. Vaimo katseli laitetta. Jotenkin miehen ajatukset tuntuivat taas laukkaavan vauhtia, jossa vaimo ei pysynyt aivan perässä.

- Hienoa, vaimo sanoi.

- Tietysti se vaatii, että toisellakin pitää olla tämä laite. Ja tarvitaan lankoja puhelimien välille. Paljon työtä, mies selitti. – Mutta katso. Olen yhdistänyt nämä kaksi. Kun valitsen täältä näin, tuo rupeaa soimaan, mies jatkoi ja toinen telefooni pärisi.

- Kyllä, kyllä. Uskon, että ne yleistyvät ja saavat paljon suosiota, vaimo selitti. – Minä olin juuri menossa nukkumaan. Oletko muistanut syödä iltapalaa? vaimo jatkoi.

- Jaa iltapalaa, mies mutisi. Miten hän olisi voinut ajatella ruokaa tällaisella hetkellä? – Voisinhan minä lähteä jotain haukkaamaan. Mutta minä jatkan sitten vielä tämän kanssa.

He olivat juuri astumassa huoneesta, kun telefooni pärähti soimaan.

1876 Alexander Graham Bellille myönnettiin puhelimen patentti.

SELLAISEEN MAAILMAAN

Toni oli sovinisti ja kaikki tiesivät sen. Hän vähätteli kaikkea minkä joku nainen oli tehnyt ja muisti liki päivittäin kertoa, että naisten olisi vain kannattanut pysyä siellä hellan ääressä. Toni oli myös kiinnostunut historiasta. Hän tuntui olevan erikoistunut siihen milloin naisille oli myönnetty mitäkin oikeuksia ja ihannoi aikaa, jolloin niitä ei ollut. "Mitä ne millään äänioikeudellakaan tekevät? Sotkevat vaan asiat, kun eivät mitään mistään ymmärrä", Toni oli sanonut usein.

"Tasa-arvo. Pah. Miten sitä voidaan vaatia tasa-arvoa jollekin, joka ei ole saman arvoinen?" Toni myös ihmetteli usein ääneen. Jos joku naisista kehtasi väittää vastaan, Tonilla oli vakioargumentti siihenkin: "Kyllä sitä sinun nyt kannattaisi vaan olla tyytyväinen. Ajattelepa, jos olisit syntynyt naisena sellaiseen maailmaan kuin…" ja sitten seurasi luento jostakin aiemmasta ajanjaksosta.

- Huomenna onkin sitten naistenpäivä, selosti mies radiossa juuri ennen kuin Toni oli menossa nukkumaan.

- Naistenpäivä. Pah, Toni tuhahti, kömpi sänkyyn ja nukahti.

- Toni! Toni heräsi aamulla möreään huutoon. – Toni! Ylös sieltä nyt ja sassiin! Toni nousi ylös ja kirosi. Mitä helvettiä tämä oli? – Toni! Heti ylös ja laittamaan kahvia. Mitä ihmettä sinä siellä vielä kuppaat! Toni mietti vetäisikö huutajaa suoraan turpiin vai kyselisikö ensin oliko tämä kenties eksynyt ryyppyreissullaan väärään asuntoon. Tonilla oli kuitenkin niin kova pissahätä, että hän päätti poiketa ensin vessassa. Vessassa hän, noh, hämmästyi. Vilkaisi äkkiä peiliin ja luuli tulleensa hulluksi. Peilistä häntä tuijotti nainen, jolla oli pitkät harmaat hiukset. Samassa möreä miehen huuto kuului taas. Nyt Toni tajusi kuulleensa koko ajan väärin: - Toini! Pistäs vauhtia siellä. Missä mielikuvitusmaassa sinä vitkastelet? Nyt sassiin tähän maailmaan ja kahvia.

Kansainvälinen naistenpäivä.

VÄÄRÄN VÄRINEN

Henna oli raskaana ja odotti ensimmäistä lastaan. Raskaus oli toivottu ja edennyt kaikin puolin hyvin, mutta yksi asia vaivasi Hennaa. Jostain kumman syystä hän näki toistuvasti unia, joissa kätilö nosti vauvan ilmaan ja vauva olikin ihonväriltään ruskea. Henna heräsi aina kätilön todetessa kovaan ääneen: Väärän värinen.

Henna tiesi, että lapsi oli hänen aviomiehensä. Mikään muu ei ollut mahdollista. Sen verran pahasti nuo unet kuitenkin häiritsivät Hennaa, että hän huomasi pelkäävänsä lähestyvää synnytystä.

- Entäs jos mä en menekään sairaalaan? Entä, jos mä tulenkin sun luo synnyttämään? Henna kysyi eräänä päivänä ystävältään.

- Mutta enhän minä mikään kätilö ole, Marjo tokaisi.

- Et, et, mutta onhan niitä vauvoja ennenkin synnytetty ilman kätilöitä, Henna sanoi.

Asia jäi siihen. Marjo luuli Hennan vitsailleen. Eräänä aamuyönä hän heräsi ovikellon soittoon.

- Nyt se syntyy, Henna huusi ja kiirehti sisälle ennen kuin Marjo ehti sanoa mitään.

- Hei, hei, hei. Et sä nyt täällä voi synnyttää, Marjo vastusteli. – Me tilataan sulle nyt ambulanssi.

- Ei ehdi. Tää syntyy nyt just, Henna sanoi ja varsin äkkiä Marjolle selvisi, että näin todellakin oli tapahtumassa.

Marjo yritti muistella kaikkia niitä synnytysvideoita, joita oli elämänsä aikana nähnyt. Mitä piti tehdä ja miten olla. Hän auttoi Hennan pitkäkseen lattialle ja tällöin vauvan päälaki oli jo näkyvissä.

- Hei. Sillä ei taida olla kaikki ihan kunnossa. Meidän pitää soittaa apua, Marjo selitti ja oli kasvoiltaan aivan kalpea.

- Ei, kun tää syntyy nyt vaan, Henna huusi ja ponnisti. Samassa ovelta kuului koputusta. Henna huusi ja ponnisti uudelleen.

- Avatkaa! ovelta kuului huutoa ja uudelleen koputusta.

- Odota vähän! Marjo huusi ja näytti siltä, että pyörtyisi hetkenä minä hyvänsä.

Samassa vauva syntyi. Kuului parkaisu. Samaan aikaan joku riuhtaisi oven auki. Henna tuijotti tulijoita. Hän oli varma, että oli kuollut. Ovella seisoi kaksi pitkää hahmoa, jotka olivat iholtaan vihreitä. Hahmoilla oli korostuneen soikeat päät ja valtavat mustat silmät.

- Tulimme juuri oikeaan aikaan, toinen hahmoista sanoi.

- Antakaa lapsi meille, toinen käski.

Marjo nosti vauvan ja ojensi olennoille. Vauvalla oli vaalea iho ja tummat hiukset aivan kuten isälläänkin. Toinen hahmoista tuijotti vauvaa jotenkin paheksuva ilme kasvoillaan.

- Se on ihan väärän värinen, olento sanoi.

- Meitä huijattiin jälleen, toinen sanoi ja samassa molemmat katosivat.

1934 Juri Gagarin, Neuvostoliittolainen kosmonautti, joka oli ensimmäinen ihminen avaruudessa, syntyi

OIKEA ARPA

No. Kaikki ovat joskus tehneet asioita, joista eivät ole ylpeitä. Matti ei ollut ylpeä siitä miten oli tähän tilanteeseen päätynyt, eikä siitä mitä seuraavaksi aikoi tehdä, mutta – joskus tarkoitus pyhittää keinot. Matti tuijotti paholaista silmiin. Paholainen oli luvannut auttaa Mattia, mutta halusi tämän sielun. Matti taas ei halunnut siitä luopua.

Matti ymmärsi tarvitsevansa paholaista ja tiedusteli suostuisiko tämä reiluun arvontaan. Hän ehdotti, että järjestettäisiin arpajaiset, joissa arpalippuja täynnä olevasta astiasta nostettaisiin lappu. Jos lapussa olisi Matin nimi, paholainen saisi sielun. Muussa tapauksessa Matti saisi paholaisen palveluksen ikään kuin ilmaiseksi.

Paholainen suostui, mutta Matin oli vaikea luottaa siihen, että tämä pelaisi reilua peliä. Matti yritti parhaansa mukaan keksiä tapoja, joilla taata reilu arvonta. Hän vaati, että lippuja täytyisi olla todella paljon. Ainakin 10 000. Seuraavaksi Matti vaati, että saisi itse nostaa arvan. Kun paholainen suostui näihin, Matti keksi, että tämä voisi huijata avatessaan arpalipun, ja siksi Matti pyysi, että lappuja ei suljettaisi vaan nimet jätettäisiin esille.

Paholainen suostui ja järjesti paikalle tynnyrin, joka oli kukkurallaan lappuja, joihin oli kirjoitettu jotain.

- Pidin osani sopimuksesta. Pidähän sinä omasi ja nosta arpa, paholainen tokaisi. Matti asteli jalat ja kädet hivenen täristen tynnyrille. Hän arkaili, vaikka oli varma, ettei näillä säännöillä voisi hävitä. Hän kurkotti kätensä tynnyriä kohden ja yritti mahdollisimman huomaamattomasti vilkuilla tekstejä lapuissa. Matti pysähtyi. Hän veti kätensä pois ja tuijotti tynnyriä. Jokaisessa näkyvillä olevassa paperissa oli Matin nimi.

2014 Pohjois-Korean parlamenttivaaleissa valitaan omasta vaalipiiristään parlamenttiin Kim Jong-un 100 % kannatuksella.

IHAN VAIN FLUNSSAA

Roni tiesi itsekin, että oli hölmöillyt. Tunnetta ei auttanut yhtään vanha nainen, joka huusi pojan perään, heristi nyrkkiä ja uhosi jollakin kirouksella. Jossain muussa tapauksessa Ronia olisi naurattanut. Nyt hän keskittyi hiljaiseen rukoukseen, ettei äiti kuulisi. Viikonpäästä oli lähtö kauan odotetulle reissulle Los Angelesiin. Kenenkään muun äiti ei varmasti olisi perunut reissua tällaisen vuoksi, mutta Roni tunsi omansa. Se voisi peruakin.

Lähtöpäivä koitti ja Roni tunsi olonsa huonovointiseksi. Hän uskotteli sen johtuvan vain jännityksestä, mutta mainitsi nenän tukkoisuudesta ja kurkkukivusta kuitenkin äidille. Äiti kokeili vähän huolestuneena Ronin otsaa ja huokaisi.

- Ei sulla ole edes kuumetta. Se on ihan vain flunssaa.

Lento oli pitkä ja Ronin olo huonontui koko ajan. Hän ei sanonut siitä kenellekään. Hän ei aikonut matkustaa Los Angelesiin maatakseen hotellihuoneessa. Perillä Roni kuitenkin jo yski niin, ettei hän pystynyt peittelemään sitä.

- Pistä käsi suun eteen kunnolla, äiti komensi kuin pikkulasta, vaikka Roni oli tehnyt niin koko ajan.

- Sun tarttee nyt levätä, äiti käskytti hotellissa. – Menet nyt vain kiltisti sänkyyn ja huilaat. Ehkä sun olo on aamulla jo parempi. Me menemme vähän kiertelemään.

Ronin olo oli niin huono, ettei hän enää edes vastustellut. Hän vetäytyi sänkyyn ja pisti tv:n päälle.

Kului pari tuntia. Roni torkahteli välillä. Hän havahtui piippaavaan ääneen. Häntä paleli suunnattomasti ja maailma näytti jotenkin epäterävältä. Kummalliset pisteet kulkivat Ronin näkökentän poikki, mutta hän näki tv:n alareunaan ilmestyneen hätätiedoituspalkin ja siinä juoksevan tekstin:

”Hengenvaarallista, toistaiseksi tunnistamatonta tautia tavattu Yhdysvalloissa ja Euroopassa. Oireet vaikuttavat flunssalta, mutta taudin kuolleisuus on suuri. Ihmisiä kehotetaan välttämään julkisilla paikoilla liikkumista mikäli mahdollista, kunnes saadaan lisätietoja”.

1918 havaittiin ensimmäiset espanjantautitapaukset. Tämä influenssaepidemia surmasi maailmanlaajuisesti 1918–1920 20–40 miljoonaa ihmistä.

LIIAN PALJONKO?

Alkuun hississä oli ollut tilaa yllin kyllin, mutta se pysähteli vähän väliä ja ihmisiä tuli aina vain enemmän. Toki ihmisiä jäi poiskin, mutta paljon vähemmän kuin tuli sisälle. Jesse ei voinut olla kiroamatta sitä valopäätä, joka oli keksinyt järjestää näköalatasanteen avajaiset samaan aikaan tornitalon yläkerroksessa pidettävän konferenssin kanssa.

Jesse ei myöntänyt pelkäävänsä ahtaita paikkoja, mutta ei – ei hän niistä suuremmin nauttinutkaan. Ihmiset olivat jo aivan liki toisissaan. Paljon lähempänä kuin tuntui millään tavoin mukavalta. Jessen mieleen tuli ajatus millaista olisi, jos hissi jäisi nyt jumiin. Miete kuristi kurkussa. Hajuvesien, partavesien ja huuhteluaineiden sekamelska poltteli sieraimissa. Vieressä seisova mies haisi tunkkaiselta.

Kuului "pling" hissin pysähtyessä kerrokseen 21. Jesse siunaili mielessään, että seuraavassa kerroksessa suurin osa ihmisistä jäisi epäilemättä pois osallistuakseen konferenssiin. Mutta yhäkin hissiin tuli lisää väkeä. Jesse painautui tiukasti seinää vasten.

22. kerroksessa ovet avautuivat. Nainen, jonka oli tarkoitus siirtyä yläkerroksesta kattotasanteelle, kirkaisi. Hän hyppäsi taaksepäin tajutessaan, että oli ollut astumassa tyhjyyteen. Varovasti hän palasi takaisin lähemmäs hissiä. Kaikki näytti olevan kunnossa, mutta tyhjästä hissistä puuttui pohja.

2012 Maailmassa 7 miljardia ihmistä Yhdysvaltain väestönlaskentaviraston mukaan.

PAHAN ONNEN LINTU

Tarvo kiinnitti siihen lintuun huomionsa heti ensimmäisenä työpäivänään. Se oli Tarvon ihka ensimmäinen työpaikka, ja hän oli todella ylpeä siitä. Hän työskenteli kaupungin viheralueiden hoitajana ja oli juuri saanut suurelta osalta aluetta kerättyä roskat, kun valkoinen ankka tepasteli siihen kuin mikäkin maanomistaja ja nokki jätesäkkiin reiän. Tarvo hätisti ankan pois ja unohti koko asian, mutta seuraavana aamuna koko alue, jonka Tarvo oli edellisenä päivänä siivonnut, oli aivan roskien peitossa. Tarvo kirosi, siivosi roskat uudelleen ja ajatteli kaiken olleen vain huonoa tuuria, mutta sama toistui. Tarvo siivosi alueen neljänä päivänä, mutta viidentenä hän antoi periksi ja irtisanoutui.

Tarvon seuraava työpaikka oli hampurilaisravintolassa. Kaikki alkoi mennä pieleen taas ihan ensimmäisestä päivästä lähtien. Asiakas valitti löytäneensä hampurilaisestaan valkoisen sulan ja jotenkin kaikki pitivät sitä Tarvon syynä. Hän sai käskyn olla tarkempi ja Tarvo tietysti lupasi tehdä parhaansa. Mutta sulkia löytyi uudelleen ja uudelleen. Jo toisena työpäivänään Tarvo sai potkut.

Kolmas työpaikka oli kirjastossa. Tarvo teki kaikkensa ollakseen mahdollisimman säntillinen ja pitääkseen yllä hyvää ilmapiiriä. Yllättäen sieltä täältä kirjaston hyllyjen lomasta kuului ankan vaakkumista. Tarvo säntäili sinne tänne ja etsi äänen aiheuttajaa, mutta ei löytänyt. Ihmiset katselivat Tarvoa paheksuvasti ja hänet kutsuttiin puhutteluun. Tarvo ihmetteli hivenen, kun kukaan ei puhunut mitään ankoista, vain hänen juoksenteluaan kummasteltiin ja toruttiin. Tarvo katsoi parhaaksi jättää tämänkin työn.

Tarvo oli jo liki epätoivoinen. Eräänä päivänä hän palasi lenkiltä kotiinsa hivenen eri reittiä kuin tavallisesti. Hän kuuli jo kaukaa ankan äänen ja kirosi hiljaa mielessään. Hiljalleen hänestä tuntui, että ehkä hän kuvitteli koko ankan. Ehkä se oli merkki siitä, että hän oli kuin olikin tullut hulluksi. Ja kyllä, hän paitsi kuuli ankan, näki sen. Valkoinen lintu vaappui hänen edellään kotiovelle asti ja lehahti sitten lentoon.

Tarvo meni sisälle ja istuutui pöydän ääreen. Hän otti kynän ja tuherteli sillä sekalaisia koukeroita ja hämähäkin verkkoa. Sitten, sen kummempia ajattelematta, hän piirsi paperille sarjakuva-ankan, joka näytti kieltä ja oli pukeutunut hassuun siniseen paitaan. Tarvo naurahti ja vilkaisi ikkunasta ulos. Ja näki ankan. Se lensi aivan Tarvon ikkunan takana ja kummallista. Näytti aivan siltä kuin se olisi kurkistanut piirrosta ja iskenyt sitten Tarvolle silmää. Sitten ankka lensi pois, eikä Tarvo nähnyt sitä enää.

1934 Aku Ankka munittiin.

OMAT EVÄÄT MUKAAN

Tuomas istui työpisteellään suuren toimiston nurkassa ja selaili salaa treffi-ilmoituksia. Jos joku olisi sattunut kysymään, Tuomas ei olisi myöntänyt etsivänsä mitään. Se oli enemmänkin sellaista ajantappamista kuin mitään muuta. Tuomas oli ollut sinkkuna jo useamman vuoden ja hänestä tuntui jossain määrin siltä, että siihen oli jo tottunut. Hän oli ikään kuin hyväksynyt sen, ettei löytäisi ketään.

Samassa Anni, joka oli eittämättä toimiston kaunein ja halutuin nainen, pelmahti Tuomaksen pöydän viereen. Tuomas kaatoi kahvikuppinsa sulkiessaan nopeasti selainikkunan, jossa treffi-ilmoitukset olivat. Tuomas kuivasi nolostuneena pöytäänsä ja sai jotenkin takelleltua suustaan:

- Mitäs sulla?

Anni selitti miten hänellä oli tapana kokoontua ystävineen viettämään iltaa ja syömään yhdessä ja kysyi kiinnostaisiko Tuomasta lähteä mukaan. Tuomas ymmärsi heti mistä oli kyse. Annin treffiseura oli tehnyt oharit ja nyt tyttö kaipasi epätoivoisesti paikkaajaa. Ei hän voinut Tuomaksesta oikeasti olla kiinnostunut, mutta joskus huonokin oli tyhjää parempi. Ajatus kaihersi hetkisen, mutta sitten Tuomas mietti asiaa uudelleen. Toisaalta. Hän ei ollut käynyt yksilläkään treffeillä kahteen vuoteen ja Anni oli sentään Anni. Tuomaksesta tuntui, että tämä oli kenties sellaisia kerran elämässä tilanteita.

- Kai mä voisin lähteäkin, Tuomas mutisi.

- Selvä. Hienoa. Mennään, Anni sanoi ja tarttui Tuomasta kädestä.

- Mitä? Nytkö? Minun pitäisi ainakin käydä kotona, Tuomas hämmentyi.

- Ei. Ei tarvitse. Ihan hyvä näin. Kaverit odottavat jo meitä. Mennään, Anni selitti ja kiskoi Tuomasta mukaansa. Tuomas antoi periksi. Tilanne oli niin outo, että oli vain päästettävä irti kaikesta tutusta ja annettava mennä.

Anni jutteli kaikenlaista ajaessaan läpi kaupungin. Tuomas oli vähän yllättynyt siitä miten mukavalta ja mutkattomalta Anni vaikutti. Hän ei ollut ollenkaan sellainen kuin kauniista naisista usein puhuttiin. Matka meni nopeasti. He saapuivat perille. Anni pysäköi varjoisalle paikalle vähän sivummalle ja saatteli Tuomaksen kerrostalon kolmanteen kerrokseen.

Sitten kaikki tapahtui niin nopeasti, ettei Tuomas ehtinyt kunnolla edes tajuta. Keittiöstä heitä tervehti mies, jolla oli musta pystytukka ja kaulassa tatuointi.

- Toitko sä syötävää? mies huusi Annille. Tuomakselle oli tullut matkalla vessahätä ja hän silmäili nopeasti ympärilleen. Eteisessä oli ovi, jossa oli wc-kyltti. Tuomas avasi oven ja näki kirkkaasti valaistun kylpyhuoneen, joka oli vuorattu muovilla. Lattialla lojui kirves ja pyykkikoneen päälle oli ladottu erilaisia veitsiä. Samassa Tuomas sai kovan iskun päähänsä ja menetti tajuntansa.

SENSUURI ISKEE (JÄLLEEN)

Rauno oli tehnyt elämäntyönsä elokuvatarkastamossa määrittelemässä mikä nyt oli kenellekin sopivaa katsottavaa. Lainmuutoksen lakkautettua elokuvatarkastamo Rauno oli työllistänyt itsensä ryhtymällä konsultiksi, jolta saattoi tilata arvion elokuvien tai pelien sopivuudesta.

Rauno oli ollut vähän huolissaan viranomaisen suorittamien tarkastusten päättymisestä. Nykymaailma tuntui menevän koko ajan enemmän ja enemmän siihen suuntaan, ettei mikään riittänyt ihmisten järkyttämiseen, vaan aina piti olla hurjempaa ja hurjempaa. Nyt Rauno oli kuitenkin ihan tyytyväinen omaan asemaansa. Hän tapasi elokuvien tekijöitä henkilökohtaisesti ja tunsi vaikuttavansa aidosti asioihin.

Tänään hän oli taas sopinut tapaamisen erään elokuvatuottajan kanssa. Tuottaja oli näitä aloittelevia hulluja, jotka kuvittelivat tekevänsä jotain uutta, mutta tosiasiassa mikään ei enää hämmästyttänyt Raunoa. Raunolla oli tästäkin virityksestä luja mielipide, eikä hän epäröinyt kertoa sitä.

- Mitä tämä tämmöinen oikein on? Raakaa väkivaltaa ja verellä mässäilyä. Ettekö te oikeasti mitään parempaa keksineet? Rauno lateli miehelle, joka tuijotti Raunoa silmät suurina, mutta hiljaa. – Kyllähän teidän kaltaistennekin miesten pitäisi ymmärtää jonkinlainen vastuu, Rauno jatkoi. Mies nyökytteli kiivaasti. Se ärsytti Raunoa. Niin sitä nyökyteltiin. Oli varmasti tiennyt koko ajan mitä teki, mutta silti niin piti vaan mennä tekemään. – Veriroiskeita ja suolenpätkiä. Eihän tuollaista nyt oikeasti voi kenellekään näyttää, Rauno pauhasi. Mies nyökytteli yhä. – Minä en voi sallia tällaista väkivaltaista menoa. Ja entäs sitten se pakolaisvastaisuus. Kielletään kaikki! Raunon ääni nousi huudoksi. Mies nyökytteli ja suuret silmät olivat kosteat. – Tuliko tämä asia nyt selväksi?

Tuottaja nyökytteli. Rauno nousi tuolistaan ja tuuppasi tuottajan tuolia mennessään. Tuottaja teki parhaansa pitääkseen tuolin pystyssä, mutta ei voinut sille mitään. Tuoli kaatui rämähtäen lattiaan. Tuottaja kaatui tuolin mukana. Hänen kasvonsa osuivat lattiaan, joka oli veren peittämä. Hän yritti huutaa pois astelevan Raunon perään, mutta ei voinut. Olihan hänen suunsa teipattu umpeen.

<hr>

1959 Renny Harlin syntyi. Harlinin ohjaama Jäätävä polte kiellettiin elokuvatarkastamon toimesta väkivaltaisuuden ja Neuvostoliiton vastaisen sisältönsä vuoksi.

16.3.

VOITTAJA

Unto valitsi vastustajansa aina hyvin tarkkaan. Hän oli kuuluisa nopeudestaan ja lähes poikkeuksetta voitti jokaisen kilpailun, johon osallistui. Valmentaja joskus ihmetteli Unton kisavalintoja. Aina ajoittain mies tuntui valitsevan osallistumisensa hyinkin tarkkaan muiden kilpailijoiden mukaan.

Se oli eräs lauantai, kun valmentajalle alkoi valjeta, ettei kaikki ollut niin kuin piti. Kilpailut oli juuri käyti, Unto oli voittanut ylivoimaisesti kuten aina ja hävinnyt jonnekin omiin oloihinsa heti palkintojenjaon jälkeen. Valmentajakin oli poistumassa paikalta, kun poliisin kaksi yksikköä kaarsi kentän reunalle. Poliisit kyselivät valmentajalta kuluneista kilpailuista viimeisen puolen vuoden ajalta. Valmentajalle selvisi, että viidestä Unton juoksemasta kilpailusta, jokaisesta yksi kilpailija oli kadonnut pian juoksun jälkeen.

Valmentaja ei tiennyt mitään katoamisista, mutta hänelle iski huoli. Unto oli kadonnut tänään sanomatta yhtään mitään. Entä jos kaappaaja tai murhaaja tai mikä lie olikin ottanut uhrikseen Unton tänään? Valmentaja pyrki pääsemään poliiseista eroon niin pian kuin suinkin oli mahdollista ja kiiruhti sitten Unton asunnolle.

Jo rappukäytävässä valmentaja haistoi jonkin kummallisen tuoksun. Unto tuli avaamaan oven essu yllään.

- Hei vaan. Tulitkin aivan sopivasti. Ruoka alkaa olla valmista, Unto tokaisi ja harppoi takaisin hellan ääreen.Valmentaja asteli asuntoon. Hän huomasi, että siellä täällä lattiassa oli punaisia tahroja. Kylpyhuoneen ovi oli raollaan eikä valmentaja voinut olla kurkistamatta. Hän näki miehen, joka makasi lattialla selvästi kuolleena. Miehen pakarasta oli leikattu osa pois.

Unto yskäisi. Valmentaja kääntyi katsomaan häntä.

- Eikös yleinen käytäntö ole, että nopeat syövät hitaat? Unto tokaisi ja nosti kattilan pöytään.

1994 Tonya Harding myönsi osallisuutensa kilpakumppaninsa Nancy Kerriganin pahoinpitelyyn.

17.3.

SIUNAUS

Työkaverit olivat olleet jo pidempään Mikosta vähän huolissaan. Se päivä, jolloin Mikko aloitti kaiken, oli ollut yksi aivan tavallinen torstaipäivä. Hän kertoi liittyneensä netissä yhteisöön, joka metsästi vampyyrejä. Mikko korjasi kuitenkin nopeasti, että ei häntä metsästys kiinnostanut. Hän oli liittynyt ryhmään vain nähdäkseen missä päin Suomea vampyyrejä liikkui.

Sen päivän jälkeen ei normaalia enää ollut. Mikko kantoi työpaikalle ristejä ja valkosipulia. Pirskotti jopa tietokoneensa päälle pyhää vettä, jota oli tilannut netistä. Hän asensi kotiinsa valvontakamerat ja vahti niiden näkymää töiden lomassa pitkin päivää. Hän muisti kyllä aina mainita, että vampyyrithän liikkuvat pimeällä. Perään hän kuitenkin aina lisäsi: - Mutta eihän niistä tiedä varmaksi.

Joku työkavereista kävi Mikon kotona ja näki, että työpaikalle tuodut symbolit olivat vain jäävuoren huippu. Mikko oli täyttänyt pihamaansa risteillä saaden sen näyttämään lähinnä hautausmaalta. Ovilla ja ikkunoilla kiersivät paksut köynnökset valkosipulia.

- Sun pitäisi nyt kyllä vähän miettiä tätä juttua. Pitäisiköhän sun puhua vaikka jonkun kanssa, yksi Mikon ystävistä sanoi tälle eräänä päivänä.

Mikko mietti asiaa. Hän päätti pyytää paikalle kotiseurakuntansa papin, jotta tämä voisi siunata talon. Pappi tuli ja kuunteli pää kallellaan, kun Mikko kertoi vampyyripelostaan. Mikko lopetti ja jäi odottamaan papin vastausta. Pappi pudisteli päätänsä.

- Ei kuule. Ei nämä tällaiset ristit ja valkosipulit ja

muut auta mitään, pappi tuumi.

- Siis juu. Kyllähän minä tiedän, että ne väittävät, ettei vampyyrejä ole, Mikko siirtyi yllättäen puolustuskannalle.

- Ei. En minä sitä, pappi sanoi ja paljasti kulmahampaansa.

1892 Joukko miehiä kaivoi haudoistaan esille Mercy Brownin ruumiin ja poltti sydämen tuhotakseen Brownin sukua riivanneen epäkuolleen vampyyrin.

KOLKUTUS OVELLA

En edes muista milloin joku olisi edellisen kerran koputtanut oveeni. Yleensä näillä seuduilla oli hyvin rauhallista ja toisten rauhaa kunnioitettiin. Sinä aamuna asiat olivat toisin. Heräsin kovaan kolkutukseen. Joku takoi ja takoi ja takoi ja suoraan sanottuna pahempaa hetkeä ei olisi voinut olla. Olin pyörinyt koko yön valveilla lähes sotkeutuen lakanoihini. Minua oli pitänyt hereillä piinaava päänsärky. Kolkutus jatkui, eikä päänsärky armahtanut yhtään. Jokainen kolahdus tuntui, kuin lapiolla olisi lyöty suoraan päähän.

Rukoilin, että koputtaja lähtisi pois. Puristin silmäni kiinni ja yritin käpertyä kankaan suojiin. Kolkutus vain jatkui ja mieleeni juolahti ajatus, että olinko tehnyt jotain tyhmää viimeisimmällä reissullani? Omasin kyllä mielestäni käytöstavat ja pyrin välttämään kaikenlaisia konflikteja paikallisten kanssa, mutta – eihän sitä koskaan tiennyt. Ajatus harmitti vielä enemmän kuin vihlova särky, joka sykki koputusten tahtiin.

Koputus jatkui ja jatkui ja luovutin. Ajattelin, että tulijalla oli pakko olla hyvin tärkeää asiaa. Eihän hän muuten olisi näin pitkään viitsinyt yrittää. Nousin ylös. Voi ihme miten kankeaksi sitä voikaan itsensä tuntea. Laahustin ovelle. Jalkani tuntuivat kuin sidotuilta. Olin uupunut, vihainen ja utelias riuhtaistessani oven auki.

Kirkas valo sokaisi minut ja nosti pääkipuni kokonaan uuteen ulottuvuuteen. Joku, joka oli nojannut oveen kolkuttaessaan, kaatui lattialleni. Alkuun kirkkaassa auringonpaisteessa näkyi vain tumma mytty, pikkuhiljaa hahmottuivat kasvot, joista erottuivat selvimmin kaksi suurta silmää. Tulijan ilme oli kauhistunut. Aioin juuri sanoa hänelle, ettei hänkään varmasti ollut parhaimmillaan juuri noustuaan, kun silmäni osuivat pieneen hakkuun, jolla pyramidini ovea oli yritetty hajottaa. Samassa mies lattiallani kirkui:

- Muumio! Muumio! Muumio!

1989 Kheopsin pyramidistä löydetään 4 400 vuotta vanha muumio.

VIIMEINEN BUSSIVUORO

Mies oli asunut koko ikänsä varsin syrjässä. Pikku-hiljaa naapurit olivat kaikonneet ja pieni lähikauppa suljettu. Hyvin mies oli silti pärjännyt. Hän oli reipas ja ripeä. Kyllä hän polki ilokseen asioille kaupunkiin. Nyt ikä oli kuitenkin alkanut painaa ja mies oli mitä kauniimmin anonut kaupungilta, että bussi voisi kiertää hänen asuinpaikkansa kautta. Kaupunki ei kuitenkaan ollut suostunut, liian vähän käyttöä tuollaiselle linjalle.

Eräänä päivänä mies huomasin tienvarteen ilmestyneen uutuuttaan kiiltävän bussipysäkin. Hän katseli sitä ihmeissään ja huokaisi. Kaipa ne olivat kaupungilla tulleet toisiin ajatuksiin. Mies köpötteli pysäkille ja katseli seinään liimattua aikataulua. Siihen oli painettu vain yksi aika ja sekin jotenkin ihmeellisen myöhään. Näin talviaikaan aurinko oli silloin jo laskenut.

Mies päätti kaikesta huolimatta lähteä bussilla kaupunkiin. Siitä olikin aikaa, kun hän oli viimeksi matkustanut bussilla. Eikä myöhäinen ajankohta häntä haitannut, monesti tuli valvottua kuitenkin. Mahdollista paluu-aikaa bussin aikataulusta ei näkynyt, mutta mies luotti siihen, että täytyihän sellainenkin olla. Kyllä hän kotiin vielä pääsisi, tavalla tai toisella. Näine ajatuksineen mies köpötteli bussipysäkille odottamaan. Tietä valaisi pari katulamppua, muuten oli aivan pimeää. Mies odotti ja odotti. Hän paleli jo hivenen. Bussi näytti olevan myöhässä ja mies epäili jo vähän koko juttua, mutta sitten tienpäässä näkyi kaksi kirkasta valoa. Bussi, se tuli.

Seuraavana aamuna lehdenjakaja ajeli autollaan kohti miehen taloa. Hän hyräili autoradiosta tulevan musiikin tahtiin ja naputteli rattia. Samassa hän huomasi hangessa jotain. Tumman mytyn, joka näytti aivan... Lehdenjakaja painoi jarrua niin kovaa, että niskaan sattui hänen taipuessa ratin päälle. Kyllä. Mytty oli ihan sitä mitä hän oli luullutkin. Vanha mies makasi paleltuneena hangessa, eikä bussipysäkistä ollut enää jälkeäkään.

2004 Konginkankaalla tapahtui Suomen toistaiseksi vakavin tieliikenneonnettomuus, jossa linja-auto törmäsi rekkaan. Onnettomuudessa kuoli 23 henkilöä.

20.3.

OUDOKSI ON MAAILMA MENNYT

Myönnetään, että olihan siitä jo aikaa, kun viimeksi olin näissä hommissa ollut. Maailma oli muuttunut paljon. Meikäläisiä ei aiemmin katsottu hyvällä. Kannatti pitää matalaa profiilia ja tarjota palveluksia niille, jotka sitä osasivat pyytää. Olin kuitenkin kuullut tarinoita, että ihmisten suhtautuminen olisi muuttunut. Että meikäläisiä otettiin ilolla oville ja kaikkinaiset vanhat vainot oli pyyhkäisty pois.

Mutta en minä siltikään tätä nyt oikein ymmärtänyt. Jonkin oli pakko olla mennyt pieleen pahemman kerran. Kyllähän tehtävä oli tietysti vaatinut vähän etukäteisselvittelyä. Olin etsinyt sopivan talon ja selvittänyt miten nykyään oli tapana toimia. Päivä piti olla oikea, ainakin tässä osassa maata. Niin minä sitten marssin ovelle, rimpautin kelloa ja kysyin oven avaajalta, että sopisiko vähän loitsia ison talon isännäksi, terveeksi, juuri niin kuin asiaan kuului. Nätisti ne minulle hymyilivät ja vastasivat, että tokipa toki.

Kaikki meni siihen asti niin kuin olin kuvitellutkin, mutta sitten. Ne antoivat minulle palkkioksi suklaamunan. Yhden vaivaisen suklaamunan ammattimaisen noidan loitsusta. Kyllä minulta pääsi suusta kirous, jos toinenkin niiden sulkiessa ovea nenäni edessä. Naurettavaa tällainen. Mitä lie pilkkaa?

Minä olen aina ollut vähän äkkipikainen ja kova kiivastumaan. Myönsin sen jo ennen kuin olin päässyt postilaatikolle asti. Minua vähän harmitti jo. Olisikohan niille pitänyt sittenkin antaa vielä toinen mahdollisuus?

Noh, se oli myöhäistä nyt, ajattelin katsoessani talon savuavia raunioita.

Palmusunnuntai – virpomispäivä.

21.3.

KYLPYLÄLOMA

Mies oli aivan totaalisen lopenuupunut. Työviikko oli raskas ja miehestä tuntui, että päivät vain seurasivat toisiaan yhtenä jatkuvana hullunmyllynä. Vapaapäivät eivät tuntuneet riittävän yhtään mihinkään, eikä väsymys helpottanut ollenkaan. Mies rojahti nojatuoliin ja avasi sanomalehden. Toisella sivulla komeili suuri kylpylämainos, jossa luki valtavin kirjaimin: "Meillä tehdään uusia ihmisiä". Mainoslause hivenen huvitti miestä, mutta hän ajatteli, että mikäpä tuossa, voisihan tuotakin kokeilla edes kerran elämässä ja niinpä hän varasi itselleen loman.

Kylpyläviikonloppu oli hyvin onnistunut. Mies tunsi sunnuntaina ensimmäistä kertaa pitkään aikaan itsensä levänneeksi. Hän hyräili hiljaa autoradion musiikin tahtiin ajellessaan kotiin ja asteli kevyemmin askelin ovelle. Ovella kaikki näytti kuitenkin alkavan mennä taas pieleen. Avain ei sopinut lukkoon. Tai siis lukkoon oli tullut jokin vika, niinhän sen täytyi olla, eihän avain nyt aivan yks kaks voi lakata sopimasta. Mies väänsi ja käänsi ja kirosi mielessään. Hän kokeili myös toista avainta avainnipustaan, vaikka olikin aivan varma, ettei se ollut kotiavain. Ei. Sekään ei sopinut. Mies manaili ja lähti alakertaan katsomaan huoltomiehen puhelinnumeroa ilmoitustaululta. Hän panoi jo hissin nappulaa ja pysähtyi. Hän tuijotti hissin peiliin ja tajusi, että joku aivan vieras katsoi häntä takaisin.

2011 suoritettiin ensimmäinen täydellinen kasvojen siirto.

KÄYPÄ HINTA

Vanha mies oli tullut tapaamaan kahta nuorta tilan-omistajaa. Hän kohtasi miehet pellonlaidassa. Maisema oli miehelle tuttu. Täällä hän oli elänyt ikänsä.

- Kyllä ne teidän isät ja isänisät ja isänisänisät tämän asian ymmärsivät, mies sanoi nuorille. Toinen nuorista pureskeli purkkaa ja katseli vanhusta hatun lierin alta.

- Kyllä. Kyllä me se tuon Tommin kanssa tiedämme, mies sanoi. – Ajat vain olivat silloin kovin toisenlaiset.

- Niin. Niin olivat. Nykyisin on kaikesta vähän tiukkaa. Niin meillä kuin tuolla Markullakin, Tommi myönteli.

- Kyllähän minä teitä ymmärrän. Tällaista tämä on nykyaikana. Ei mistään vanhoista tavoista välitetä pitää kiinni, vanha mies jutteli.

- Kyllähän me mielellään sinua autettaisiin, mutta kun pitää ensin huolehtia näistä omista, Markku sanoi sovittelevasti.

- Ei tässä mistään auttamisesta ole kyse, vanha mies ärähti.

- Ajat oli aiemmin toiset. Silloin ihmiset olivat taikauskoisempia, Tommi sanoi.

- Pah, vanha mies tuhahti. – Olkoon juuri niin kuin te haluatte. Mutta muistakaa, että minä tarjosin teille mahdollisuutta jatkaa vanhoilla sopimuksilla. Voin sanoa, että tulee vielä ajat, jolloin ikävöitte säteentekijää ja silloin hinta on noussut.

1903 Niagaran putokset tyrehtyivät kuivuuden vuoksi.

23.3.

KERRO, KERRO KUVASTIN

Kirsi oli ostanut itselleen peilin. Se oli melkoinen löytö. Kirsi hankki sen paikalliselta kirpputorilta pilkkahinnalla, mutta uskoi sen olevan arvokas. Kirsi oli hivenen turhamainen ja piti itseään muita parempana, vaikkei sitä tietenkään koskaan olisi myöntänyt. Sinä iltana Kirsi katseli kuvajaistaan peilistä ja mutisi hiljaa, hivenen naureskellen omalle nokkeluudelleen, vanhan lorun: "Kerro, kerro kuvastin, ken on maassa kaunehin".

Peili ei vastannut. Eikä edes näyttänyt maailman kauneimman naisen kuvaa, mutta silti tapahtui jotain mitä Kirsi ei heti ollut uskoa todeksi. Hän näki peilissä naapurin naisen, joka riiteli miehensä kanssa. Mies pyyteli kamalasti anteeksi jotain, mutta vaimo ei armahtanut. Kirsi säpsähti ja lähti peilin äärestä. Hän nukkui levottomasti ja aamulla oli aivan varma siitä, että oli vain kuvitellut kaiken.

Myöhemmin päivällä Kirsi törmäsi pihalla toiseen naapuriin. Tämä kertoi nähneensä naapuripariskunnan aamulla ja kokeneensa, ettei kaikki ollut ihan niin kuin pitäisi. Kirsi ei pystynyt pitämään asiaa enää omanaan. Hän kertoi kuulleensa, että pariskunta oli riidellyt kovin edellisenä iltana. Naapuri oli tiedosta aivan haltioissaan ja voi miten hienolta se Kirsistä tuntuikaan.

Sinä iltana Kirsi kuiskasi peilille uudelleen vanhat taikasanat:

- Kerro, kerro kuvastin… ja peili näytti miten Kirsin ex-mies kirjoitteli viestejä toisen naisen kanssa uuden vaimonsa nukkuessa vieressä. Kirsi päätti kertoa Päiville asiasta heti aamulla. Sama toistui ja toistui. Kirsi ei enää mennyt töihin vaan vietti päivänsä peilin parissa. Muutaman päivän jälkeen Kirsi ymmärsi miten peili toimi. Se muutti tutuissa kodeissa olevat peilit ikkunoiksi, joiden kautta Kirsi saattoi seurata muiden elämää.

Innostuksissaan Kirsi unohti elää omaa elämäänsä. Peili ja sen kautta saadut juorut olivat hänelle kaikki kaikessa. Kunnes eräänä iltana Kirsillä oli kylmä. Hän hieraisi käsiään yhteen ja silloin hän huomasi sen. Iho ei ollut enää kuten ennen. Se oli kiiltävää ja Kirsi näki käsistään kasvojensa heijastuksen. Kuvajaisessa oli jotain hyvin outoa.

Kirsi kiiruhti eteiseen ja vilkaisi toiseen peiliin. Kauhukseen Kirsi huomasi muuttuneensa kokonaan peilin kaltaiseksi. Lasiseksi, kiiltäväksi ja heijastavaksi. Kirsi astui askeleen taaksepäin. Askel oli epävarma ja horjuva. Jalka petti alta ja Kirsi kaatui päin eteisen seinää hajoten samalla tuhansiksi lasinsiruiksi.

1972 Evel Knievel murtaa 93 luuta kaaduttuaan 35 autoa ylittäneen moottoripyörähypyn jälkeen. Aikuisella ihmisellä on tavallisesti 206 luuta.

AINOA TOIVO

Sää oli melko tavallinen, hyvin pilvinen kylläkin. Karin työputki perämiehenä oli ollut pitkä, mutta tänään oli viimeinen lentopäivä ennen lomaa. Pilvet olivat lähes pahaenteisen mustia, mutta Kari ja kapteenina toiminut Elias olivat nähneet yhdessä kaikenlaisia kelejä. Mikään ei näyttänyt huolestuttavalta.

Ennen lentoa Kari kirosi mielessään huonoa muistiaan. Hän tajusi unohtaneensa ottaa lääkkeensä aamulla. Mutta eihän hän voinut siitä kenellekään sanoa. Hän oli suojellut tarkoin tätä salaisuuttaan, koska sen paljastuminen olisi voinut viedä Karilta unelmansa. Mutta lennon noustessa aikataulussa kentältä hän antoi asian olla ja kaikki sujuikin normaalisti, kunnes lentokone sukelsi pilveen. Samassa lentokoneen ikkunoita päin läiskähti jotain sinistä ja hyytelömäistä. Kun sitä katsoi tarkemmin, hyytelössä näki hahmoja, joilla oli pitkät lonkeromaiset jalat ja ne liikkuivat lasipinnalla aivan kuin niillä olisi ollut jokin tietty kohde.

Samassa matkustamosta kuului huutoa. Useampi matkustaja ulvoi tuskaisaa huutoa.

- Minä menen katsomaan, Elias sanoi ja käveli matkustamoon. Kari tuijotti ulos. Otukset olivat liukuneet pois lasista. Kari kuuli Eliaksen huutavan. Hän käänsi katseensa ja näki sinisen olennon hyökänneen Eliaksen kimppuun ja ikään kuin sulautuvan tähän.

Yksi kerrallaan matkustajat lakkasivat huutamasta. Eliaskin lopetti. Hän käänsi katseensa ohjaamon suuntaan. Kari näki kaukaa kumman sinisen kiillon, joka loisti Eliaksen silmissä. Eliaksen kasvoille levisi virnistys. Kari säntäsi ovelle ja lukitsi sen. Hän ei tiennyt mitä ne olivat, mutta hetkessä hänellä oli suunnitelma.

Kari kuuli Eliaksen huutavan oven takana vaatien tätä avaamaan. Elias takoi ovea, kun Kari kytki autopilotin pois päältä. Kari ohjasi koneen jyrkkään laskuun.

2015 Perämies Andreas Lubiz ohjasi Germanwingsin lennon 9525 tahallaan vuorenrinteeseen Ranskassa. 150 ihmistä sai surmansa.

25.3.

LELUKAUPAN NOITA

Mari oli pitänyt pikkuista lelukauppaa jo useita kymmeniä vuosia. Kaikki lähialueen ihmiset tunsivat Marin ja häntä pidettiin yleisesti varsin mukavana ihmisenä. Mari osasi kuitenkin olla aika tiukka jossain asioissa ja toteutti vanhaa "koko kylä kasvattaa"-ajatusta. Jos hän näki jonkun lapsen tai nuoren tekevän tyhmyyksiä, hän puuttui siihen. "Se on sellainen noita!" oli joku nuori joskus pukahtanut suutuspäissään. Mari ei pahoittanut mieltään nimityksestä. Se oli hänen mielestään vain hauska ja hän vitsailikin monesti olevansa sellainen lelukaupan noita.

Lähiössä oli myös toinen erikoinen yksityiskohta. Alueelta oli kadonnut lukuisia lapsia ja nuoria viimeisten kolmenkymmenen vuoden aikana. Poliisi ei keksinyt mitään yhdistävää tekijää ja muutenkin kaikki tutkinnat tuntuivat päättyvän umpikujaan. Moni perhe muutti alueelta silkan pelon vuoksi.

Se oli lumisateinen maanantai, kun Noora pakeni lelukauppaan kolmea poikaa, jotka olivat ryhtyneet tuuppimaan tyttöä. Noora ei sanonut mitään, mutta Mari näytti arvaavan mikä toi puuskuttavan tytön liikkeeseen.

- Ota tämä, Mari sanoi sen kummempia selittämättä ja laski tytön kämmenelle pienen kumipallon, jollaisia oli purkillinen myyntitiskillä. Noora katsoi palloa ihmeissään.

- Miten tämä? Noora sanoi hämmentyneesti, mutta jäi ilman vastausta.

Noora lähti liikkeestä. Kaksi pojista oli kyllästy-

nyt jo kiusantekoon, mutta yksi lähti seuraamaan
Nooraa. Nooran reitti kulki pienen metsikön läpi
ja siellä poika hyökkäsi Nooran kimppuun kaataen
tämän maahan. Noora ei ajatellut palloa sen kum-
memmin. Hän oli vain puristanut sen tiukasti nyrk-
kiinsä ja siinä, maatessaan maassa, hän sinkosi sen
kohti poikaa. Pallo lensi kummallisesti aivan kuin
pojan lävitse ja poika katosi.

31 vietettiin tiettävästi ensimmäistä pääsiäistä.

26.3.

HEIKOT JÄÄT

Ihan turha tulla sanomaan, ettei Osmoa varoitettu. Kyllä työkaverit niin tekivät ja moneen kertaan vielä. On huono vitsi, ettei mikään ole niin kevyt kuin pilkkimies kevätjäillä. Kyllä kunnon pilkkijän pitäisi tietää ja työkaverit kuvittelivat, että Osmokin tiesi.

Kevät oli jo pitkällä, kun Osmo ilmoitti töissä, että menisi viikonloppuna vielä pilkille. Roope vähän toppuuttelin sitä. Oletkos sinä nyt ihan varma, että jäät ovat tarpeeksi paksuja vielä ja niin päin pois. Osmo nauroi. Kyllähän nuo vielä kantaa.

Aamuvarhaisella Osmo tallusti tavaroineen jäälle. Hän oli ottanut mukaansa paksun puukarahkan ja hakkasi sillä jäätä. Jää ei tuntunut antavan periksi lainkaan. Pidemmällä Osmo kairasi jäähän reijän. Viimeistään siinä vaiheessa hän saattoi olla varma. Jäätähän oli vielä vaikka kuinka paksulti. Osmo avasi retkituolin, viritti ongen ja istahti odottamaan.

Ei mennyt kuin hetki, kun jokin kiskaisi siimassa. Siitä tunsi heti, että se oli iso. Osmo hymyili, kylläpä hänellä oli tuuri käynyt. Samassa jokin suuri ja tumma kuulsi jään läpi, kaksi pitkää lonkeroa työntyi pilkkireiästä ja hajotti jään tullessaan. Lonkerot tarrasivat Osmoon ja vetivät tämän syvyyksiin.

Kyllä kunnon pilkkimiehen pitäisi tietää, että on liian heikkoja jäitä ihmiselle ja on liian heikkoja jäitä Iku-Tursolle.

Terminen kevät alkaa Helsingissä keskiarvoisesti 26.3.

LEIKKITURMA

Pikkupoika lennätti lentokonetta pitkin olohuonetta. Kone kiersi ja kaarsi ja kieppui ja poika juoksi aina vain kovempaa ja kovempaa sohvalta nojatuolille, nojatuolilta keittiön ovelle ja sieltä taas sohvalle. Välillä hän ohjasi koneen melkein päin lattiaa, nosti sen taas ylös ja pyöri villisti ympyrää. Äiti katseli pojan leikkejä keittiöstä ja huokaisi. Pojat.

Poika otti lattialta toisen lentokoneen. Hän lennätti koneita vieretysten. Välillä toinen syöksyi alemmas, välillä nousi niin korkealle kuin poika suinkin yletti. Sitten poika pysähtyi keskelle olohuonetta. Hän veti toisen koneen niin kauas vasemmalle puolelleen kuin sai ja toisen oikealle. Hän tuijotti koneita vuorotellen ja virnisti. Poika ohjasi koneet kohti toisiaan.

Vain hetkeä ennen kuin koneet törmäsivät, poika näki jotakin outoa. Aivan kuin leikkikoneiden pikkuruisissa ikkunoissa olisi ollut pikkuisia mustia hahmoja. Hahmot osoittivat koneen lentosuuntaan ja huusivat. Poika näki hädissään avautuvat suut hetkeä ennen kuin kuuli huudon. Koneet törmäsivät toisiinsa ja pikku-ukot katosivat, mutta se huuto ei kaikonnut pojan korvista enää koskaan.

1977 Ilmailuhistorian pahin onnettomuus Teneriffalla, jossa kaksi Boeing 747 konetta törmäsi.

AIVAN LIIAN AIDON NÄKÖISET

Elina oli lähtenyt isotätinsä avuksi kesäksi. Paikka oli vieras, eikä hän ollut isotätiäkään tavannut kuin muutaman kerran häissä ja hautajaisissa. Äiti oli kertonut, että isotäti oli hivenen omalaatuinen ja ehkäpä vähän kipakka luonteeltaan, mutta lupasi, että Elina saisi isotädin luota varmasti mielenkiintoisen kesätyöpaikan.

Isotäti näytti pienen piharakennuksen, joka oli tarkoitettu Elinalle. Elina ei ehtinyt tutustua mökkiin sen kummemmin, koska isotädillä tuntui olevan kova kiire esitellä hänelle kaikki paikat. Elina jätti mökille vain tavaransa ja lähti.

Päivä oli pitkä, mutta mukava. Isotäti kertoi paljon hauskoja tarinoita suvusta, esitteli talon ja kertoi mitä odotti Elinan tekevän. Kun Elina lopulta pääsi takaisin mökilleen, hän kaatui vain väsyneenä sänkyyn. Pienen hetkisen Elina ihmetteli tauluja seinillä. Joka puolella näytti olevan tummia hahmoja, kasvoja, jotka tuijottivat Elinaan. Ne näyttivät puistattavan aidon näköisiltä. Sitten uni otti voiton.

Aamulla Elina muisti maalaukset ja paloi halusta tutustua niihin tarkemmin. Hän nousi sängystä ja tajusi, että mitään maalauksia ei ollut. Joka puolella oli vain tyhjiä ikkunoita.

1794 Louvren taidemuseo avataan yleisölle.

PITKÄ TYÖPÄIVÄ

Mies tuijotti kelloa seinällä. Sekuntiviisari tikitti askel kerrallaan tuskastuttavan hitaasti eteenpäin. Kello lähestyi neljää. Mies yritti vielä hetkisen keskittyä töihin, vaikka se tuntuikin turhalta. Hän siirteli papereita pöydällään ja nakutti koneelle muutamia lukuja taulukkoon. Mies vilkaisi uudelleen kelloon. Viittä vaille. Hän voisi lähteä jo. Päivä oli ollut aivan liian pitkä.

Mies astui työhuoneestaan käytävään. Kaikki huoneet, joiden ohi hän kulki, olivat tyhjiä. Hän käveli lähimmän uloskäynnin ohi, sitä seuraavan ja vielä seuraavankin. Vasta neljäs ovi kelpasi.

Mies katsoi maisemaa, joka avautui lasioven takana. Hän mietti raikkaan syysilman tuoksua. Mies sulki silmänsä ja rukoili hiljaa mielessään. Oven lukko avautui naksahtaen ja mies astui kynnyksen yli. Ovi kolahti hänen takanaan kiinni. Mies rukoili vielä hetken, mutta se ei auttanut.

Kevyt syystuuli ei hivellyt miehen kasvoja ja hän tiesi mitä oli tapahtunut jo ennen kuin avasi silmänsä. Mies tuijotti tuttua työpaikan käytävää ja kelloa seinällä. Minuuttiviisari naksahti juuri eteenpäin. Kello tuli kahdeksan.

- Jaahas. Uusi työpäivä taas, mies huokaisi.

~~~~~~

1852 Ohio rajoittaa lasten työpäivän 10 tunnin maksimiin.
~~~~~~

30.3.

TOIVO MITÄ VAIN

Mies oli kuin ihmeen kaupalla onnistunut pelastamaan henkiolennon, joka oli ollut suljettuna metallirasiaan toista tuhatta vuotta. Henki venyttely ja oikoi itseään miehen tuijottaessa tätä hämmästyksestä sanattomana. Sitten henki puhui:

- Sinä ilmeisesti vapautit minut. Kuten tapana on, saat toivoa yhden toivomuksen ja minä toteutan sen.

Mies tuumi hetkisen ja sai sitten mielestään loistavan idean.

- Haluaisin saada päivän lehden aina viikkoa ennen kuin se ilmestyy, mies tuumi. Henki vähän ihmetteli pyyntöä ja ryhtyi sitten selvittämään, että mies todella tiesi mitä pyysi.

- Tulevaisuus. Se on tiedätkös aina vähän sellainen epävarma juttu. Se voi aina vähän muuttua. Mutta saat kyllä lehden, jos hyväksyt sen, että siinä voi olla vähän aukkoja siellä ja täällä.

Tämä kelpasi miehelle.

Seuraava päivänä mies kiiruhti hakemaan lehteä postilaatikosta. Lehdessä oli todellakin siellä täällä valkoisia länttejä ja joitain juttuja oli ikään kuin jätetty painamatta. Miestä kiinnosti kuitenkin vain yksi asia. Hän repi lehden auki lottonumeroiden kohdalta. Harmikseen mies joutui toteamaan, että kaksi viimeistä numeroa puuttuivat. No, ei tässä mitään hätää, mies tuumi. Hän haki lainaa ja teki loton kaikilla mahdollisilla yhdistelmillä, jotka sisälsivät nuo viisi tiedossa olevaa numeroa. Miestä hymyilytti. Nyt ei tarvitsisi kuin odottaa arvontapäivää. Ja toden totta, arpajaisia seuraavan päivän lehti paljasti rivin, joka oli miehen lottokupongissa.

Voitonjuhlia seuraavana päivänä miehen juhlien jälkeinen olotila laski hivenen mielialaa. Lähinnä vanhasta tottumuksesta hän haki silti lehden, levitti sen pöydälle ja nosti kahvikupin huulilleen. Samassa hän näki sen. Kahvikuppi tippui miehen käsistä lattialle ja hajosi. Lehden kannen alareunassa oli pieni ilmoitus:

TOIMITUS PAHOITTELEE, JULKAISIMME VAHINGOSSA VÄÄRÄT LOTTONUMEROT.

2012 jaettiin maailman suurin arpajaisvoitto Yhdysvalloissa Mega Millions -arpajaisissa. Potin suuruus oli 640 000 000 dollaria (n. 480 000 000 e). Voitto jaettiin kolmen pelaajan kesken.

NÄYTTELIN VAIN

Kaikki tiesivät, että Mike oli stara isolla S:llä. Eikä sitä ollut kieltäminen, Mike oli hyvä. Hän vaati kaikessa täydellisyyttä, myös itseltään.

Se oli kuitenkin niitä päiviä, jolloin Miken lähellä oli äärimmäisen vaikea olla. Kaikki oli aamusta lähtien pielessä. Maskeeraaja ei osannut hommaa. Puvustaja sai haukkuja, koska puvun hännän kiinnitykset olivat pettäneet edellisissä kuvauksissa. Ohjaaja ja käsikirjoittaja, joka sattui olemaan sinä päivänä juuri paikalla, saivat oman osansa. Keneltäkään muulta sitä ei olisi siedetty, mutta Mike oli oma lukunsa. Kaikki tiesivät mikä oli Miken arvo tuotannolle.

Harjoituksissa Mike kiukkusi kaikille vastanäyttelijöilleen. Hänellä oli jokaiselle neuvoja miten asiat pitäisi tehdä ja tuomioita siitä mikä meni väärin. Lopulta Mike tivasi käsikirjoittajalta tarkennusta pieneen yksityiskohtaan, paiskasi käsikirjoituksen lattiaan ja marssi pukuhuoneeseensa. Ohjaaja yritti seurata Mikea perässä, mutta Mike paiskasi oven kiinni ohjaajan nenän edessä.

- Perkeleen perkele! On se kumma, kun kukaan ei vaan ymmärrä mitään! Mike uhosi, yritti potkia suuria karvaisia tossuja jaloistaan ja etsi roolipuvun vetoketjua paksun karvapeitteen seasta.

- Perkeleen perkeleen perkele, Mike jatkoi kiroiluaan, löi kolme vesilasia peilipöydältä lattialle ja jatkoi vetoketjun etsintää. Alkuun Mike saattoi uskotella itselleen, että oli vain liian kiihtynyt löytämään sitä. Seuraavaksi hänet valtasi epäusko, jota seurasi pelko. Mike vilkaisi peiliin. Häntä katseli suuri, kar-

vainen hirviö, jonka silmät olivat aivan käsittämättö-
män elävän näköiset.

1971 näyttelijä Ewan McGregor syntyi.